さやかの寿司

森沢明夫
Akio Morisawa

角川春樹事務所

目次

装画　中島梨絵
装丁　アルビレオ

さやかの寿司

第一章　ハンバーグの石

【作田まひろ】


よく晴れた空から、のびやかな鳶の歌が降ってきた。

でも、今日のわたしは、その歌を少し耳障りに感じながら、海沿いの県道を歩いていた。

道路脇の標識には、

『渚の道百選　風波フラワー・ロード』

と記されている。

この道は、沿道の花壇が数キロにわたって続く風波町の観光資源のひとつで、季節ごとに、菜の花、サルビア、コスモスなどの花がびっしりと植えられる。そして、初夏を迎えようとしているいまは、カラフルなポピーの花びらが、ふわふわと海風に揺られていた。

しばらく美容院に行けなかったせいで、肩甲骨まで伸びたわたしの髪も、その風にあおられて頬にまとわりついてくる。

「風、うざっ……」

歩きながらひとりごちたわたしは、うっとうしい髪の毛を耳にかけ、クリーム色のパーカーのポケットに両手を突っ込んだ——と同時に、眉間にシワを寄せた。ちょっと動かしただけなのに、さっきアスファルトに打ち付けた右肘がキリリと痛んだのだ。

なんとなく嫌な予感がして、わたしは痛む肘のあたりを見てみた。すると予想通り、パーカーの袖には赤黒い染みができていた。

わりと派手にコケたし、まあ、血も出るよね。

お気に入りのショルダーバッグにも擦り傷がついてしまったし、十二年ぶりに土のなかから掘り出した「お守りの石」も、どこかへ転がっていっちゃったし……。

ツイてないわ、ほんと。

わたしは胸裏でぼやいて歩きながらうつむいた。

すると、キュルルルルゥ……、空っぽのお腹が、哀愁たっぷりのため息をついた。

そういえば、今日は朝から何も食べていない——というか、昨晩、カップラーメンを食べてから絶食状態だ。そりゃ、お腹だって不平のひとつもこぼしたくなるだろう。

そのまましばらく歩くと、信号のある十字路にさしかかった。

ここを右に折れると、岬にそびえ立つ町のシンボル「風波灯台」へと続く石畳の道になる。逆に左に折れると、町で唯一の駅「風波駅」へと続く商店街だ。

この商店街の名は「風波商店街」という。

一応、町のメイン通りということになっているけれど、観光シーズン以外はだいたい閑散としていて、のどかな田舎町らしい鄙びた風情を漂わせている。

わたしは迷わず左に折れて、人けのないその商店街へと足を踏み入れた。

入ってすぐの左手に、時代めいた洋品店があった。

ショーウィンドウの大きなガラスのなかでは、色褪(いろあ)せたマネキンが斜め上の虚空を見上げていた。

悲しいかな、そのマネキンが着ている若草色のワンピースも黄色く色褪せている。

昭和の遺物かよ――と、わたしが内心で突っ込んだとき、そのショーウィンドウのガラスに自分が映っていることに気づいた。

背中が丸まり、だらしなく顎(あご)が出ていて……、自分でいうのもナンだけど、二十二歳とは思えないほど、くたびれて貧相な女子がそこにいた。

わたしはショーウィンドウから視線をそらした。そして、少し足早に洋品店の前を通り過ぎた。

洋品店のとなりは小さな書店だった。そのとなりは日用雑貨と金物の店。さらに酒屋、郵便局と続き、季節外れのビーチサンダルや浮き輪を店先に並べたおもちゃと土産物(みやげもの)の店が軒を連ねている。

人けのない商店街は、不自然なほどに静かだった。

どの店も、なんとなく埃(ほこり)っぽくて、セピアがかって見える。

通りの先に質素な駅舎が見えてきた。

でも、わたしは電車に乗りたいわけではない。

お昼ご飯を食べたいのだ。

わたしがまだ小学四年生だった、あの夜――、人生でたった一度だけ、生前の母に連れていってもらった小さな老舗(しにせ)のお寿司(すし)屋さんで。

正直いうと、懐は淋(さび)しい。

でも、いまのわたしは、どうしてもあの店でお寿司を食べる必要があるのだ。

母との想い出のお寿司屋さんは、商店街のなかほどにあった。

わたしはお店の前に立ち、玄関に掛けられた暖簾を見た。

藍地に白で文字が染め抜かれている。

江戸前　夕凪寿司――。

この店名を目にしたとき、わたしのなかで薄れかけていた記憶が輪郭を持ちはじめた。

そう、あの夜――、わたしと母は、傘をさして予約したお寿司屋さんへと歩いていた。夜空から落ちてくる細い銀糸のような春雨は、変に生ぬるくて、フラワー・ロードのアスファルトをねっとりと濡らしていた。わたしの前を歩いていた母は、ラメ入りの白いハイヒールを履いていた。それは外灯の光を弾いてきらきらしていたけれど、春雨に濡れた母の踵と、白いふくらはぎに浮いた生々しい青痣を眺めながら歩いてると、わたしの足は徐々に重くなるのだった。

お店に着くと、わたしたちはカウンター席に案内された。母は、マニキュアが光る指でお寿司をつまみながら、気さくな寿司職人のおじさんと冗談を言い合い、けらけらとよく笑った。その上機嫌な母の横顔は、それまでわたしが見たことのない「よそ行きの顔」だった。

お母さんって、外では声を出して笑うんだ……。

幼いわたしは、なんだか遠くに見えるその横顔を、妙な感慨をもって見詰めていた。

気さくな職人さんが握ってくれるお寿司は、驚くほど美味しくて、ひとくち頬張るごとに声を上げてしまいそうだった。でも、わたしは、その幸せな感情をぐっと押し殺して、ただ黙々と食べ続けた。下手に感想を口にしたら、せっかく上機嫌でいる母の気分を害してしまうかも知れないから。

「はあ？　まひろ、あんた、ガキのくせに寿司の味なんて分かるわけ？　おい、返事しろよ。ホントに分かんのかって訊いてんだろ」

きっと、そんな感じで叱罵され、繊弱なわたしの心はあっさり押し潰されてしまう。

そういえば、あの夜、母の左手の薬指から指輪が消えていて、代わりにナメクジみたいに白い「指輪の痕」が残っていた。

「今日は、ママが『自由』になったお祝いなの。だから、まひろ、乾杯しよ」

上機嫌な母は、よそ行きの声でそう言って、ガラスのお猪口をわたしに向かって掲げた。母と乾杯なんてしたことのないわたしは、慌てて手近にあった湯呑みを手にすると、恐るおそるガラスのお猪口に、コツ……、と触れさせた。

母は、そんなわたしを見て、目を細め、軽く口角を上げた。

笑ったのだ。

でも、その笑みは、いつもの「怖い微笑み」ではなかった。むしろ、表情の裏側に不安を隠した「弱者」の笑みに見えたのだった。普段は毒々しいほど真っ赤でつやつやしている母の唇も、この夜はなぜか口紅が剝げてひび割れていた。そして、それがまた母の顔から艶色を奪い、くたびれた感じに見せていた気がする。

それでも、あの夜の母は、閉店時間になるまで、ただの一度も不機嫌にならなかったのだ。幼いわたしを睨むことも、罵倒することも、威圧することもなく、ただずっとその横顔に弱者の笑みを浮かべて冗談を言い続けていた。そして、それは、わたしのなかに残る母との想い出のなかで、たぶん唯一、「幸せっぽい感情」のみで成立する、ある意味、とてもレアな記憶なのだった。

ようするに、あの雨の夜の贅沢な食事は、母にとっては夫との「別れ」と「自由」を受け入れるための儀式であり、一方のわたしにとっては、アル中で日常的にわたしと母に暴力をふるっていた義父が、法的に「家族」ではなくなり――、つまり、わたしが正式に「母子家庭の子」になったことを受け入れるための儀式だったわけだ。

もう義父の暴力に怯えなくていい。これからのわたしは、母からの「言葉の暴力」にのみ耐えればいい。身体の痛みからの解放。痛いのは心だけ。きっと、だいぶラクになる……。

そんなことを思いながら、幼いわたしは静かに美味しいお寿司を食べていたのだった。

そして、あの夜から十二年が経ったいま――、わたしがふたたびこの夕凪寿司を訪れたのは、あの夜の母と同じく「別れ」と「自由」を受け入れる儀式のためだった。

先週――、離れて暮らしていた母が他界した。

死因は、肺癌だった。

訃報を受けたわたしは、唯一の一親等ということで喪主をつとめるハメになった。はじめての喪主は、やたらと忙しくて、母との二十二年を振り返る間もないまま、格安パックの葬儀をバタバタとこなしていった。

そして昨日、なんとか無事に納骨を終えて、一段落となったのだ。

喪服を着たまま一人暮らしの部屋に帰宅したわたしは、「はぁ、疲れたぁ」とつぶやきながら、小さなガラスのローテーブルの前にぺたんとお尻をついて座った。そして、なんとなく、窓辺のあたりを眺めた。レースのカーテンをすり抜けた春の夕暮れの斜光が、安物の洋服ダンスをレモン色に照らしている。

享年・四七歳だってさ――。

あの人は、四六時中タバコを吸いまくって、肺癌になって、文句たらたら入院したと思ったら、さっさと勝手に死んで、骨と灰になって、そして、ついさっき、暗いお墓のなかに入れられた。

これでもう、わたしの未来に、あの人が登場することはないんだ――。

そう思った刹那、ずっと張り詰めていた痛みに似た何かが、背骨からズズと抜け落ちた気がした。

ふいにクラゲみたいになったわたしは、床に座ったまま両足を前に投げ出し、両手を後ろについて天井を見上げた。

「もう、疲れちゃったよ、ほんと……」

誰もいない天井に向かってつぶやいた。

すると、いきなり目の奥がじんと熱を持ち、しずくが一気にあふれ出した。

それは、母の訃報を受けて以来、わたしがはじめて流した涙だった。

涙の理由は、自分でもよくわからなかった。

わたしの心にあるのは、純粋な悲しみでもなければ、純粋な淋しさでもない。ましてや喜びであるはずもない。あえて言うなら「戸惑いと、安堵」になるのかも知れない。

一方、わかっていることも、ある。

それは、わたしが、母という「人生の重し」から解放されたということだ。

だから、もう、誰に気兼ねすることもない。

びくびくと怯えながら生きなくてもいい。

わたしは、わたしの人生を、わたしらしく「自由」に生きられる――。

わたしは、いま、「ふつう」という、幼少期からの憧れを手に入れたのだ。

それなのに、どうしてわたしは泣いているのだろう。

もっと言うと、先月から、わたしは、通勤からも残業からも上司のセクハラやパワハラからも「自由」になっていた。高校を出てからずっと（嫌々ながらも）勤めてきた小さな会社が、不景気とパンデミックの影響で、あっさり倒産し、はからずも無職になったのだ。

家族という「重し」が無くなった。

仕事という「重し」も無くなった。

ついでに貯金も無くなりそうだけど……。

とにかくわたしは、ある意味、とても純粋で、空っぽで、少し怖くもある憧れの「自由」を手に入れたのだ。

そんなふうに考えて、わたしはいま、唯一、幸せっぽい感情だけで成立する想い出の舞台、夕凪寿司へとやってきたのだった。

ふわり。

鄙びた商店街を、海の匂いのする風が吹き抜けた。

夕凪寿司の暖簾が、わたしを誘うように揺れる。

これからわたしは、人生ではじめて、一人でお寿司屋さんに入るのだ。

緊張で少し硬くなったお肚に力を込めた。

そして、一歩目を踏み出そうとした刹那——、暖簾のなかから若い女性がひょっこりと出てきた。

出端をくじかれたわたしは、いまにも歩き出しそうな怪しい姿勢のまま固まってしまった。

その女性は、小柄で、二重の目が大きくて、前髪をパッツンと切りそろえた黒髪のおかっぱ頭だった。年齢は、わたしと同じくらいだろうか。小豆色の作務衣を着ているから、お店の人に違いない。

変な格好で固まっているわたしに気づいた前髪パッツンの女性は、「ん？」と怪訝そうな顔でこちらを見上げた。

視線が、至近距離でバッチリ合ってしまった。

まっすぐな眼差し。

強い目力と、その圧力。

わたしの身体は、蛇に睨まれた蛙のようにすくんでいた。

彼女の二重の大きな目が、幼少期からわたしを威圧し続けてきた「母の目」と重なって見えたのだ。

無意識に呼吸を止めていたわたしは、思い出したように息を吸い、吐いた。

そんなわたしを見た前髪パッツンの女性は、ますます怪訝そうに眉をひそめ、その目力を強めた。

そして、「あの――」と女性が口を開いたとき、わたしは反射的に、大人に怒鳴られた子供みたいに肩をすくめて下を向いた。そして、くるりと女性に背を向け、そのまま逃げるように駅の方へと歩き出してしまったのだ。

心臓が暴れて、内側から肋骨を叩く。

わたしは深呼吸を繰り返しながら歩いた。

二〇メートルほど進んでから、チラリ、と後ろを振り返って様子を窺った。

遠くなった前髪パッツンの女性は、もう、わたしを見てはおらず、お店の前に立ててあったランチタイムのメニューが書かれた看板を抱えて、何事もなかったかのように暖簾のなかへと消えた。

ナニやってんだろう、わたし。

挙動が不審すぎてヤバい人になってる……。

胸裏でつぶやいて足を止めたわたしは、少しのあいだ息を整えてから、ゆっくりと回れ右をした。

そして、一歩一歩を確かめるように足を前に出し、ふたたび夕凪寿司の前に立った。

よし。今度こそ、入らなくちゃ。

「別れ」と「自由」を受け入れるための儀式をするのだ。

すー、はー。

深呼吸をしたわたしは、意を決して藍色の暖簾を分けた。


夕凪寿司の店内は、ほぼ、わたしの記憶どおりだった。

すっきりと片付いていて清潔感はあるけれど、テレビや雑誌で見る都内の高級店のような威圧感はない。客席はL字のカウンターのほかに、四人がけのテーブルがふたつあるだけだ。

店内を見回したわたしは、カウンターのいちばん奥、L字の折れ曲がったところに、白髪の老人が座っていることに気づいた。老人は、片手に湯呑みを持ち、もう片方の手で将棋の雑誌を開いていた。

常連のお客さんかな？

一瞬、そう思ったわたしは、しかし、すぐにそれが間違いだと気づいた。よく見ると、その老人は、かつて、わたしと母に美味しいお寿司を握ってくれた「気さくな職人さん」だったのだ。

でも、今日の職人さんは、白い調理服姿ではなく、たくさんのパイナップルが描かれた派手なアロハシャツを着ていた。

「あのぅ……」

わたしは、アロハの職人さんに声をかけてみた。

「ん？」

将棋雑誌からゆっくりと顔を上げた職人さんは、わたしを見るなり、にっこりと目を細めた。

そう、この人懐っこい感じの笑顔、覚えてる。

記憶のなかのイメージと比べるとだいぶ歳(とし)を取ったけれど、でも、愛嬌(あいきょう)たっぷりの目尻のシワと、ゆるく肩の力が抜けたような存在感も、あの頃(ころ)のままだ。

わたしが軽く会釈をすると、アロハの職人さんは、

「おーい、お客さんだよぉ」

と、声をあげた。カウンターのなかから、さらに奥の部屋へと続く白い暖簾に向かって声をかけてくれたのだ。暖簾の向こうには、調理器具や調理台の一部が見えていた。つまり、そこは仕込みなどをするための厨房(ちゅうぼう)だ。

すると、その厨房から「はーい」と張りのある声がして、ひょいと若い女性が現れた。

さっきの前髪パッツンの人だった。

すぐに、わたしと視線が合った。

「あ……」

と小さく声を洩(も)らした前髪パッツンの人は、わずかに眉をひそめた。さっきのわたしの行動は、それほどまでに怪しかったのだろう。

わたしは心のなかで、大丈夫、大丈夫、と二度つぶやいた。

「えっと、一人なんですけど……」

言いながら、パーカーのポケットから両手を出し、右手の人差し指を立てて見せた——と同時に、

思わず「痛っ……」と顔をしかめてしまった。

うっかり腕を動かしたら、流血した肘が痛んだのだ。

「………」

前髪パッツンの人は、そんなわたしの言動がいっそう怪しかったらしく、いったん、こちらの足元から頭のてっぺんまでを舐めるように見た。そして、慇懃な口調できっぱりと言った。

「お客さま、すみません。もうランチの営業は終わりなんです」

「え――」

「二時までなんですよ」

「あ……、じゃあ、えっと、ランチメニュー以外なら――」

「申し訳ありません」

と、前髪パッツンの人は、わたしの言葉を遮った。

「………」

「お昼はもう終わりで、次は、夕方五時からの営業になります」

前髪パッツンの人は、口元だけの笑みを浮かべながら、石の壁みたいに立ちはだかった。

わたし、やっぱり、この人は苦手だ。

でも、なぜだろう、どことなく、わたしと同じ匂いがするような気もして……。

「お客さま、たいへん申し訳ありませんが」

前髪パッツンの人は、慇懃な言葉の圧力で、わたしをお店の外へ押し出そうとした。

夜の営業は五時から――ということは、あと三時間もある。しかも、夜はランチと違って、値段もぐっと上がるだろう。

駄目だ。あきらめよう。

肩を落としたわたしは、鈍く痛む右肘を左手で軽く押さえながら言った。

「わかりました。お邪魔して、すみませんでした……」

軽く頭を下げて、ゆっくりと踵を返す。そして、玄関の暖簾に向かって歩き出した。

と、そのとき——。

「あぁ、ちょっと、お客さぁん」

控えめな感じの女性の声に呼び止められた。

その声は、ふわふわした綿飴みたいな感じで耳心地がよく、あきらかに前髪パッツンの人の声とは違っていた。

振り返ると、カウンターのなかの白い暖簾から、若い女性が首をすくめるようにして顔を覗かせていた。

細めたタレ目と、広いおでこ。

やけに親しげな感じで微笑んでいる。

いわゆる童顔というやつだけれど、この人も、わたしと同年代くらいだろうか。

「あの、もし、お客さんがよろしければ、なんですけど——」

童顔の女性は、しゃべりながら暖簾をくぐって出てきた。小柄で、ほっそりしていて、肩甲骨に届きそうな栗色の髪の毛をうなじの辺りでキュッと結んでいる。

「はい……」

「これからわたしたち、『まかない』で海鮮丼をつくって食べるんです」

「え——」

まかない？

わたしが小首を傾げたとき、すかさず前髪パッツンの人が口を挟んだ。

「ちょっと、さやかさん」

「ん、なあに？」

「もしかして、お客さまに、まかないを出そうとしてません？」

前髪パッツンの人は、呆れたように眉をハの字にしている。

「そうだけど。なんで？　駄目？」

さやかさんと呼ばれた人は、相変わらずふわふわと綿飴みたいに笑いながら、悪戯っぽく首をすくめてみせた。

「当たり前じゃないですか。まかないは商品じゃないんですから」

「まあ、うーん……でもさ、未來ちゃんはいつも『うちのまかないは最高！』って言ってるよね？」

さやかさんは、のんびりとした口調で話す。

「そりゃ、まあ、たしかに言ってますけど……、でも、それは、それ。これは、これです」

未來ちゃんと呼ばれた前髪パッツンの人は、両手を腰に当てて、さっきの強い目力でさやかさんを見返した。でも、さやかさんは、その目力をふわりと受け流して微笑んでいる。

「え～、どうしても駄目？」

「駄目ですって」

「…………」

「…………」

ふわふわ綿飴の笑顔 vs. ストレートな目力——。

さやかさんと未來ちゃんの会話が膠着状態に入ったので、わたしは恐るおそる「あのぅ――」と、二人のあいだに割り込んでみた。

「わたしは、まかないでも十分に嬉しいんですけど……」

「えっ♪」と、笑みを広げたさやかさん。

「え……」と、眉間にシワを寄せてわたしを見た未來ちゃん。

やっぱ、この未來ちゃんって人、苦手だ。

「うふふ。未來ちゃん、二対一で、わたしの勝ち、かな?」

控えめな感じでさやかさんが言うと、未來ちゃんは、すかさずアロハの職人さんの方を向いた。

「伊助さんはどう思います?」

「えっ……、お、俺かよ?」

急に未來ちゃんに振られて慌てたアロハの職人=伊助さんは、将棋雑誌をカウンターに置いて、わたしを見た。

「俺は……まあ、お客さんがいいって言ってるんだし、べつに構わねえと思うけどな。どうせ、さやかのつくるモンは美味いんだし」

「うふふ。おじいちゃん、ありがとう」

と、さやかさんは、ふわふわな笑みを浮かべた。

どうやら、さやかさんと伊助さんは「祖父と孫娘」という関係らしい。そう思って、あらためて見ると、のんびりとした存在感も、優しそうな顔つきも、なんとなく似ているような気がする。しかも、この店でお寿司をつくるのは、かつて大将だった伊助さんではなく、さやかさんみたいだ。

「もう、伊助さんまで。二人とも、ホント、いい加減なんだから」

未來ちゃんが不満を口にしても、ふわふわなさやかさんには暖簾に腕押しだ。

「うふふ。未來ちゃん。これで三対一だよ？」

「わかりましたよ。もう、いいです」

プイ、と未來ちゃんはふくれてみせた。なんだか子供みたいな仕草だ。でも、目力を完全に引っ込めた未來ちゃんの表情には（わたしが言うのもナンだけど）ちょっぴり愛嬌があった。

「そういうことなので、お客さん」

さやかさんが、ふわふわの笑顔をこちらに向けた。

「あ、はい」

「まかないのお値段なんですけど……、たとえば、ワンコインの五〇〇円で、いかがですか？」

「え？」

そんなに安くていいの？　わたしは、そう思って目を見開いた。すると、さやかさんは、そんなわたしを見て何を誤解したのか、「わぁ、ごめんなさ〜い」と苦笑してみせた。「まかないで五〇〇円は高すぎですよね。じゃあ、もう少しおまけさせて頂いて――」

「さ・や・か・さんっ！」

未來ちゃんの厳しい声が、おまけの流れを遮った。

まかないといえども、さすがに海鮮丼で五〇〇円未満はないと思ったのだろう。

するとさやかさんは、叱られた少女みたいに、てへ、と舌を出して見せた。その仕草がまたゆるゆるでふわふわだったので、それまでずっと緊張で固くなっていたわたしの気持ちまでちょっぴり緩んだ気がした。

「あの、わたしは、五〇〇円でもぜんぜん大丈夫です。というか、逆にそんなに安くていいのかなって……」

「え、ホントですか?」

「はい」

「よかったぁ。じゃあ、さっそくお作りしますので、カウンターでお待ち下さいね」

そう言ってさやかさんは微笑みながら小首を傾げると、ふたたび白い暖簾の向こう側へと消えた。

やれやれ、と呆れ顔をした未來ちゃんも、さやかさんの後を追う。

客席に残されたわたしは玄関に近いカウンター席に座った。かつて母と来たときに座ったのも、たしかこの席だったはずだ。

すると、奥からアロハの伊助さんが声をかけてきた。

「なんか、ごめんね。あいつら、騒がしくってさ」

「あ、いいえ。こちらこそ、ランチタイムを過ぎてたのに、かえってすみません……」

「あはは。いいの、いいの。うちは昔からこんな感じで、ゆるーくやってるからさ。ほら、いまの二人——さやかと未來ちゃんのアレも、いつもの漫才の掛け合いみたいなもんだから」

漫才って……。

どう答えていいかわからないわたしは、とりあえず「あはは」と愛想笑い(あいそ)をしながら、ふと、かつての夜を思い出した。

そういえば、あの夜も、母と伊助さんが漫才の掛け合いみたいにテンポよく会話を弾ませて、終始、和やかな空気が流れていた気がする。

「あ、でもね、ああ見えて、さやかのつくるまかないは、なかなか美味いと思うよ」

アロハの伊助さんは目尻にシワをつくりながらビシッと親指を立てて見せた——と思ったら、そのまま「ふわぁ」と口を大きく開けた。いきなり大欠伸をしたのだ。おかげで伊助さんがまとっているゆるい空気が、いっそうゆるくなった。

「あはは。ごめん、ごめん。じつは、おじさんさ、昨晩、しょーもないB級ホラー映画を二本も観ちゃってさ、おかげで今日は寝不足なんだよね。しかも、いまさっきランチを腹一杯食べちゃったもんだから、眠くなっちゃって」

伊助さんは、聞かれてもいないのに欠伸の理由を説明した。

わたしは、とりあえず話を合わせた。

「わかります。お昼ご飯のあとって、眠くなりますもんね」

「だよねぇ。このまま満腹で眠れたら、幸せでしょ?」

「はあ……、まあ、そうですね」

「ってなわけで、おじさん、これから、ちょっと寝ちゃうかもだけど——、あ、そうだ。お客さん、お名前は?」

「え? わたし——ですか?」

って、わたしに決まっているけれど、まさか急に名前を訊かれるなんて思ってもいなかったので、狼狽したわたしは無意識に自分の鼻を指差していた。

すると伊助さんは、そんなわたしを見て、くすっと笑いながら、わざとらしく居住まいを正してみせた。

「おっと、これは失礼をば。拙者が先に名乗らねば」

「え……」

「あらためまして、拙者は江戸川伊助と申す隠居のジジイでございます。孫娘はこの店の大将、江戸川さやか。そして従業員は遠山未來と申します」

そこまで言って、伊助さんはニヤリと笑った。

やはり、この店の大将はさやかさんだったのだ。というか——え、ナニ、この流れ？　わたしも、このノリでやらないといけないの？

一瞬、混乱した頭でそう考えたけれど、すぐに思い直して、ふつうに答えた。

「えっと、わたしは、まひろ……、作田まひろと言います」

「まひろちゃん」

「はい」

「いい名前だねぇ。じゃあ、そういうわけで、まひろちゃん」

「はい？」

「ぜんぜん気にしないでいいからね」

「えっと、何を……、ですか？」

「おじさん、これから寝ちゃうかもだけど、気にしないでね」

寝ちゃうって——、

「いま、ですか？」

「うん。ここでうたた寝するのが気持ちよくてさ」

うたた寝？　いま、その席で？

わたしの頭のなかに、たくさんの「？」が浮かびはじめた——と思ったら、さっそく伊助さんは腕を組み、L字カウンターの奥の壁に背中をあずけて目を閉じてしまった。

うわ……、本当に寝ちゃうんだ？

いや、わたしは別に、いいんだけど。

それから二分と経たずに、伊助さんの方から、すぅ、すぅ、と寝息が聞こえはじめた。

なるほど、たしかに幸せそうに寝ている……。

なんか、変わった人だけど……、でも、昔のままのいい人だよね。

そう思いながら、わたしはカウンターのなかにある白い暖簾に視線を向けた。暖簾の奥の厨房から、さやかさんと未來ちゃんの会話が洩れ聞こえてきたのだ。「未來ちゃん、海苔を刻んでくれる？」とか「お客さんに出すのは、この丼でいいですかね？」とか。さすがに、もう、さっきみたいな「漫才の掛け合い」ではないけれど、でも、二人の淡々とした会話には、心を許し合った間柄ならではの清々しいリズムがあって、そして、それをお互いに心地よく感じているように聞こえた。

あんな風に、言いたいことをズバズバ言い合える相手がいるって、どんな感じなのかな？

わたしは一瞬、二人を妬みかけたけれど、すぐに思い直した。

仮にわたしがさやかさんと対峙したとしても、あのふわふわな綿飴攻撃に、あっさり牙を抜かれてしまいそうだし、ましてや、あの未來ちゃんと張り合いでもしたら、間違いなくわたしは滅多打ちのサンドバッグだ。

ようするに、そもそも、わたしの性格では「言いたいことをズバズバ言い合う」なんてことはできないわけで、妬んでも仕方がないのだ。

白い暖簾の向こうで、さやかさんが何かを言って、未來ちゃんが愉快そうに笑った。

未來ちゃん、どんな顔で笑っているんだろう……。

考えたら、ついさっき、わたしを値踏みして拒絶した、未來ちゃんの強い目が脳裏にチラつきはじめた。そして、その目が、幼いわたしを威圧していた母の目と重なった。

母と未來ちゃん――、二人の目は「弱肉強食」でいうところの「強者」が持つ目だ。もしも、未來ちゃんが会社の同僚だったり、クラスメイトだったりしたら、母のもとで「弱者」として育てられたわたしは、彼女を一瞬で「天敵」として認定し、そのまま、そっと距離を取り続けるだろう。

そんな未來ちゃんでも、わたしの義父に睨まれたら、きっとすくんでしまうに違いない。なにしろ義父の目は「強者」を軽く上回る「悪魔」の目なのだ。

「はあ……」

わたしは無意識のうちに黒っぽい息を吐いていた。

ネガティブな妄想をしたせいか、へんに居心地が悪くなって椅子(いす)に座り直した。そして、さっき失(な)くしてしまった大切な石のことを憶(おも)った。すると――、
ぎゅるるぅ……。

悩みのない胃袋が、間の抜けた声で不満を訴えた。

その声に呼ばれたかのようなタイミングで、白い暖簾がひらりと開き、なかから四角い塗り盆を手にした未來ちゃんが現れた。お盆には、一見して豪華だとわかる丼が載せられていた。


「ごちそうさまでした」

寝息を立てている伊助さんを起こさないよう、わたしはささやくように言って、空になった丼に手を合わせた。

白い暖簾の向こうから、さやかさんと未來ちゃんの静かな会話が洩れ聞こえてくる。お客のわたし

に気を遣って、二人は厨房でまかないを食べているのだ。

伊助さんが言っていたとおり、この店のまかないは絶品だった。夢中で食べているあいだは、とにかく口のなかが「幸福のきらきら」で満たされていて、わたしは半分ほど食べ終えるまで、

――「別れ」と「自由」を受け入れる儀式――

という当初の目的をうっかり失念していたほどだった。

でも、その目的を思い出してからは、一人きりの儀式として食事をした。

口のなかのきらきらは消えてしまったけれど、でも、代わりに伊助さんの寝顔を眺めつつ、記憶のなかの握り寿司の美味しさを思い起こしたり、となりの椅子に座る上機嫌な母の気配を感じたりしながら、まかないを食べたのだった。

あの夜、母の横顔を眺めながら食べた握りのネタがなんだったのかまでは、さすがに覚えていないけれど、でも、きっと、いま頂いたまかないのネタも負けてはいないと思う。

なにしろ、旬(しゅん)のイサキと、白ミル貝と、イワシと、メダイの炙(あぶ)りと、カツオと、モンゴウイカと、表面にだけ火を通した漬けマグロと……、あとは、なんだったっけ?

ついさっき、わたしの前に丼を置いた未來ちゃんが、ひとつひとつ丁寧に説明してくれたのに、もう忘れてしまった。

でも、いいや。

儀式は、終わったのだから。

この食事をきっかけに、わたしは生まれ変わる。

生まれてはじめて、本当の自分になるのだ。

「ふう」

決意の呼吸をしたわたしは、アスファルトで擦(こす)れたショルダーバッグから財布を取り出すと、五〇〇円玉をひとつ手にした。そして、伊助さんを起こさないよう、そっとカウンターの椅子から降り立った。

回転寿司みたいに、玄関の方にレジがあるのかな？

そう思って、静かに玄関の方へと歩いた。

と、そのとき――、玄関の藍色の暖簾の向こうから甲高い声が聞こえた。

え？　小さな子の、悲鳴？

気になったわたしは、玄関の暖簾を軽くめくり上げながら、身体を屈(かが)めて外の様子を窺ってみた。

でも、視界に入ったのは、相変わらず誰もいない鄙びた商店街だった。

どうやら、わたしの空耳だったようだ。

なら、よかった、と安堵しかけた刹那――、

「ちょっと、あんたっ！」

背中に、鋭い槍(やり)のような声が刺さった。

暖簾に手をかけたまま振り返ると、カウンターのなかから未來ちゃんがこちらを睨んでいた。

「え……」

「なにしてんのよ」

その硬質な声を聞いて、わたしはハッとした。

いま、わたし、現在進行形で食い逃げみたいな格好をしている！

「え……、ち、ちが……」

暖簾に手をかけたまま、わたしは慄(おのの)いた。

「はぁ？　なにが違うんだよっ！」

と吠えて、未來ちゃんがカウンターから飛び出してきた。

その獰猛な目を見た刹那、わたしの心臓は一気に熱を帯び、バクンッ！　と破裂しそうな音を立てた。

幼いわたしを見下ろす母の目の威圧――。

あんたさえいなければっ！

憎しみと絶望で空間を引き裂く母の絶叫。

酒の匂いのする口臭。血のように赤い唇。散らかった薄暗いリビング。

部屋の隅までわたしを追い詰め、細い首に手をかけた母。その目に浮かぶ嗜虐の色。

ぐしゃぐしゃに振り乱した茶色い髪。

その髪を摑んで怒号とともに平手打ちをする義父。

絶叫。悲鳴。威迫。殴打。悪魔。

部屋の隅で震えるわたしに向けられた、ふたつの鬼の形相。

怒気をはらんだ未來ちゃんの怖い目。

捕まったら――駄目だ。

見えない大きな手でドンッと背中を押されたように、わたしはつんのめりながら暖簾の外へと飛び出した。そして、人けのない商店街を元来た方角へと走りはじめていた。

「こらっ！　待てっ！」

すぐに未來ちゃんも玄関を飛び出して、わたしを追ってきた。

怖い。恐い。コワイ。こわい。

猛獣に追われるような切迫。

真っ白になりかけた頭。

そんななか、ふと、右肘の痛みを思い出して、わたしは少しだけ思考力を取り戻した。

ふつうに逃げたら、捕まる。

わたしは幼少期からずっと鈍足だったじゃないか。

角で折れながら逃げた方がいい。

わたしの視界に細い路地が入った。すかさず、その路地へと飛び込んだ。すぐに未來ちゃんも、路地へと入ってくる。

「逃げんな、こらっ！」

未來ちゃんの怒声が背中にぶつかったそのとき、路地の向こうから大柄で髭面（ひげづら）の中年男がのんびりと歩いてきた。

この路地は細い。邪魔だ。

どいてっ！

わたしが声にするより先に、未來ちゃんの甲高い声が飛んだ。

「クマさん！　そいつを捕まえて！　食い逃げ犯なの！」

「えっ？　えっ？」

クマさんと言われた髭面の男は、一瞬、ぽかんとしたけれど、すぐに両手を広げてわたしに通せんぼをした。

まずい。捕まる！

わたしは髭面の男の前で急ストップすると、逆に未來ちゃんに向かって走り出した。

大柄な男性よりも、小柄な未來ちゃんを相手にした方が逃げられる確率が高いと判断したのだ。

「えっ？　あっ、ちょっ……」

髭面の男の声を、わたしは背中で聞いた。

正面にいる未來ちゃんは、走るのを止めた。そして、両手を軽く前に出した格好で腰を落とした。

「もう、あきらめな！」

未來ちゃんの怒声。

無理。嫌だ。捕まりたくない。

捕まったら――。

わたしの脳裏に、義父と母の狂気に歪んだ悪魔のような顔がフラッシュバックした。

あっという間に腰を落とした未來ちゃんに接近した。

わたしは、そのまま未來ちゃんの脇をすり抜けようとした。

いったん右に行くようなフェイントをかけて――、
左！

ギリギリのところで未來ちゃんを躱したつもりだったのに、次の瞬間――、

ふわり。

世界が、スローモーションになっていた。

わたしの身体は無重力のなか、宙に浮いていたのだ。

まずは地面が見えて、逆さまになった髭面の男が見えて、そして、青空が見えた。

景色が、ゆっくりと縦に回転していく。

え――。

なに、これ？

と思ったのと同時に、ドスン！

わたしの背中に固いモノが激突していた。

それが地面だと気づいたのは、未來ちゃんの小柄な身体に押さえつけられていることを知った後だった。

つ、捕まった……。

わたしは慌てて全身をくねらせ、手足をジタバタさせた。でも、未來ちゃんの小柄な身体は、どういうわけか岩のように重くてピクリとも動かない。

「抵抗しても無駄だよ。あきらめな。あんた、もう、絶対に逃げられないから」

未來ちゃんの言うとおりだった。

敗北を悟ったわたしは、胸で荒（あら）い息をつきながら抵抗を止めた。全身の力を抜いたら、自然と空を見上げる格好になっていた。路地の隙間（すきま）の細長い空は、あっけらかんとした水色だった。

「はい。あんたの負け」

未來ちゃんの腕が、あらためてキュッとわたしの首と右腕を締め上げた。その拍子に、握りしめていた五〇〇円玉が、わたしの手のなかから落ちた。

チャリン――。

細い路地に安っぽい音を響かせた五〇〇円玉は、そのまま少しだけ転がって倒れた。そして、それを見た未來ちゃんが、「え？」と小声を洩らした。

「いやぁ、背負い投げからの袈裟固めとは、さすが柔の道を極めた未來ちゃんだねぇ」

少し遅れてやってきた髭面の男が、さも感心したように言いながら、わたしを上から覗き込んできた。

あぁ、水色の空が、髭面に覆い隠されちゃったなぁ……。

ぼんやりと思ったら、ふいにその男が「えっ？」と目を丸くした。男の顔を確認したわたしも、反射的に「あ」と声を洩らしていた。

「おい、嘘だろ」

「…………」

「君は……、さっき、うちの娘を助けてくれた――」

髭面の男は、小さく首を左右に振りながら「マジかよ……」とつぶやいた。

小学四年生の頃――、わたしは毎日のように学校帰りに寄り道をしていた。

一人で、こっそり、小さな海辺の公園に立ち寄っていたのだ。

寂れて人けのないその場所を、わたしは「ざわざわ公園」と呼んでいた。いつも低い潮騒がざわざわと聞こえているのが名前の由来だけれど、そう名づけたのは明海くんという当時六年生の優しいお兄ちゃんだった。

明海お兄ちゃんは、わたしの他では、唯一、この公園に寄り道をする人で、よく並んでブランコに乗っては、他愛もない会話に付き合ってくれた。性格は大人しくて、どちらかというと無口な人だけれど、明海お兄ちゃんといると、いつもわたしの心は夕凪(ゆうなぎ)のように穏やかになった。

その公園の唯一の遊具であるブランコに乗ると、真正面に海が広がった。浅瀬はエメラルドグリーンで、沖合はコバルトブルー。天気によって、その色味も輝きも変わるけれど、わたしは千変万化する海のツートンカラーを眺めているのが好きだった。きらきらしていても、どんより濁って見えても、その海はいつも、わたしの心の絆創膏(ばんそうこう)だったのだ。

物静かな明海お兄ちゃんは、クラスの男子たちにからかわれて孤立していると言っていた。その理由は「あけみ」という名前が女子っぽいから。じつにくだらない理由だし、優しいお兄ちゃんが可哀そう……と哀(かな)しくなったわたしも、じつは周囲の顔色を窺ってばかりで集団にうまく馴染めない「クラスの異分子」だった。友達っぽい人はいても、友達はいなかった。ただの一人も。

人けのない「ざわざわ公園」は、そんな心のくたびれた二人が放課後にこっそり集う「心の安全地帯」だったのだ。

あれから十二年――。

当時の記憶を懐かしく思いながら、わたしは「ざわざわ公園」の外灯の下で四つん這(ば)いになっていた。

手近なところに落ちていた短い木の棒をスコップ代わりに使い、砂まじりの表土をせっせと掘っているのだ。

小学四年生の頃、この場所に埋めて隠したお守りの石、通称「ハンバーグの石」を掘り出すために。

その石は、たまたま通学路で見つけた手触りのいい石ころだったのだが、こっそりランドセルに忍ばせて学校に行った日は、不思議と小さなラッキーが起こった。テストの点数が思ったよりも良かったり、グループ分けのときにあぶれずに済んだり、席替えで気になる男の子の隣になれたりもして……。もちろん、いま思えば単なる偶然だろうけど——。

それでも当時のわたしは、その石を神聖なお守りのように感じていて、クラスメイトたちには内緒にしていた。でも、明海お兄ちゃんになら触らせてあげてもいいかな——、そう思ったわたしは、ある日、「ざわざわ公園」で明海お兄ちゃんにその石を手渡してみたのだ。

「なに、この石?　なんか、形がハンバーグみたいだけど」

明海お兄ちゃんは、その石をそっと両手で挟むようにして撫(な)でた。

「ハンバーグ?」

たしかにそんな形をしているし、ハンバーグは当時のわたしの大好物だった。

「うん。形がそっくりじゃん。すべすべして、気持ちいい石だね」

明海お兄ちゃんは優しげに目を細めると、そっとわたしに石ころを返してくれた。

「これ、わたしのお守りなの」

「へえ。ハンバーグの石が、まひろちゃんを守ってくれるんだ」

「うん」

「宝物じゃん」

「うん」

明海お兄ちゃんの言葉に気持ちがほくほくしたわたしは、その日も「ハンバーグの石」と命名された石を家に持ち帰ると、リビングのテーブルの隅っこに置いて宿題をはじめた。

すると、夜の仕事に出かけるため着替えをしていた母が、わたしの背後からすっと手を伸ばし、ハンバーグの石をつかみ上げた。

「なに、この石ころ」

「あっ……」

母はハンバーグの石を見たあと、わたしを見下ろした。眉間には、怖いシワがよっていた。

「え、えっとね、それは、学校に行く途中に拾ったん――」

説明しようとしたわたしに、母は「はあ……」と、大袈裟なため息をぶつけて黙らせた。

「…………」

「まひろさぁ、あんた、ゴミを拾ってくんなっつーの」

「あ……、うん」

不機嫌そうな母を見て、わたしは無意識に首をすくめた。

そんなわたしを見下ろした母は、内側に隠した嗜虐の種火に燃料を注いだ。

そして――、
ニヤリ。

いつもの怖い笑みを浮かべた。

「言っとくけどね、石には悪霊が憑くんだよ」

「え……」

「まひろ、あんた、こんなの持ってると呪われるよ」

「…………」

「これは呪いの石だね。つーかさ、あんたがこんなの持ってるから、うちにはロクなこと起きないんじゃないの？」

言いながら母はベランダにつながる掃き出し窓を開けると、ハンバーグの石をポイっと外に投げ捨てた。

「あ……」

「あ、じゃねえだろ」

母の目に、声に、嗜虐の炎がちらつく。わたしの喉は見えない誰かの手でキュッと塞がれたようになる。

「…………」

「なに黙ってんだよ」

「…………」

「あたしが呪いの石を捨ててやったんだから、ありがとうございます、だろ？」

わたしを見下ろす母の目が吊り上がる。

わたしは真っ赤な唇から吐き出される言葉のナイフで刺される前に必死の防御に出た。すかさず母に向かって微笑んだのだ。そして、塞がれた喉から声を絞り出した。

「あ、ありがとう、ママ。呪いの石、捨ててくれて……」

声は、小さく震えていた。

脳裏に優しい明海お兄ちゃんの顔がチラつく。

「ふん。最初からそう言えばいいんだよ」

「ご、ごめんなさい、ママ」

わたしは込み上げてくる涙をぐっとこらえながら、宿題のプリントに視線を落とした。

翌朝――、学校に行くため家を出たわたしは、まだ寝ている母に気づかれないよう、そっとベランダの外へと回り込み、草むらのなかからハンバーグの石を探し出した。そして、拾い上げたその石をランドセルに忍ばせたまま学校へ行き、放課後は「ざわざわ公園」に向かった。

いつもより少し遅れて顔を出した明海お兄ちゃんは、わたしの顔を見るなり、「まひろちゃん、何かあった?」と訊いてくれた。

わたしは昨日の母とのやりとりを涙をこらえながら伝えた。

黙ってすべてを聴いてくれた明海お兄ちゃんは、眉をハの字にしてブランコに誘ってくれた。

わたしは言われるままブランコに腰掛けた。

正面に、少し白茶けた空と、それを映した海が広がる。

きいこ、きいこ。

明海お兄ちゃんが、錆(さび)の浮いたブランコを軽く揺らした。

「その石はさ、まひろちゃんの宝物じゃん?」

「うん……」

「だったらさ、まひろちゃんだけが知っている場所に隠しておこうよ」

「え?」

「だって、誰にも見つからなかったら、宝物は、ずっとまひろちゃんのモノじゃん?」

「…………」

「そしたら、この石がどこにあっても、まひろちゃんを守ってくれるよ」

その言葉に得心したわたしは、素直に頷(うなず)いた。そして、さっそく明海お兄ちゃんと一緒に「ざわざわ公園」の外灯の下に穴を掘り、そこにハンバーグの石を埋めることにした。わたし一人だけの秘密だと、なんだか不安な気がしたから、明海お兄ちゃんとわたし、二人の秘密にしてもらったのだ。


明海お兄ちゃん、優しかったなぁ——。

いま頃、何をしているのかな?

わりと整った顔立ちの六年生だったから、イケメンな青年になっているかも……。

そんなことを考えながら、わたしはせっせと木の棒で土を掘っていた。

すると、ゴツ、という固い手応えがあった。

あ……。

一瞬、手が止まった。

でも、わたしはすぐにその手を動かした。

手応えのあった辺りと、その周囲の土をどんどん掘り広げていく。木の棒の先端が、わたしの手に、すべすべした石の表面の感触を伝えてくる。

わたしはピッチを上げて木の棒を動かした。

すると、灰青色の石の一部が見えてきた。見覚えのある色に、わたしは思わず息を飲んだ。

あった。本当に……。

そして、わたしは手にしたのだ。十二年ぶりに、わたしのお守り「ハンバーグの石」を。

すごい。すごい。タイムカプセルみたい。

地面に両膝を突いたまま、わたしは手のひらサイズの石を見詰めた。そして、表面に付着している土や砂つぶを親指で丁寧にこそぎ落とした。

わたしの記憶よりも、いくらか小さく感じるハンバーグの石は、ひんやりとして、しっとりとして、そして、あの頃と同じようにすべすべしていた。

両手で、こうやって挟んで……。

わたしは立ち上がり、懐かしいブランコへと移動して腰を下ろした。ブランコの錆は以前よりひどくなっていたけれど、正面に広がるツートンカラーの海原（うなばら）は、あの頃のままだった。

それから、わたしは、しばらくのあいだハンバーグの石を慈しむように撫で続けた。

やがて、それに満足すると、石をパーカーのポケットに忍ばせた。

ざわ、ざわ。

ざわ、ざわ。

白砂の渚から届けられる潮騒が、切なく、苦く、胸に刻まれた記憶のなかに沁（し）みてくる。

パーカーのポケットに感じる甘やかな重さ。

わたしはブランコを軽く揺らした。

きいこ、きいこ。

錆びた金属が軋（きし）むこの音も、あの頃のままだなぁ……と、ため息をこぼしかけたとき、ふと、わたしは思った。

そうだ。あのお寿司屋さんで「儀式」をしよう。

母が義父と離婚したあの夜、母が自由を宣言したように——、母を亡くしたわたしも、今日、新しい人生を歩むための宣言をするのだ。

わたしはブランコから降り立った。そして、そのまま「ざわざわ公園」を後にすると、思い出のお寿司屋さんを目指して歩き出した。

鄙びた漁師町の路地を抜け、ポピーの花々に彩られた「風波（かざなみ）フラワー・ロード」を歩いた。両手をパーカーのポケットに突っ込んで、ハンバーグの石を撫でながら。

しばらく歩いていると、わたしの前に母娘（おやこ）連れの背中が近づいてきた。お母さんの手をしっかりと握った女の子は、三歳くらいだろうか。すらりと背の高いお母さんの顔を見上げながら、舌足らずな声であれこれ話しかけている。そして、その声をいちいち愛（いと）しがるように丁寧に頷きながら、優しげな声色で返事をするお母さん。

ふぅん、幸せそうじゃん——。

わたしはパーカーのポケットのなか、両手でハンバーグの石を挟むように持つと、歩幅を広げて、早めにその母娘を抜き去ろうとした。

と、そのとき、

「おーい。みーちゃん！」

道路の反対側の歩道から、野太い男性の声が聞こえた。

声に振り向いた女の子は、「あっ、パパっ！」と言うやいなや、繋（つな）いでいたお母さんの手を放した。

そして、そのまま車道を横切るように飛び出したのだ。

えっ、嘘でしょ——。

わたしの視界には、こちらに向かって走ってくる銀色のミニバンが見えていた。

お母さんが「あっ」と短い声を上げた。

そのときには、もう、わたしの足は歩道を蹴（け）っていた。

青空に轟（とどろ）くミニバンのクラクション。

その音に驚いて、車道の真ん中で立ちすくむ女の子。

駆け寄ったわたしは、女の子を背後から抱きかかえ、道路の反対側へと走った。

ドラマや映画で目にするような、間一髪ぎりぎり、というほどではないけれど、とにかくわたしは女の子を抱えたまま無事に道路を渡り切った――と思ったとき、スニーカーのつま先を地面に引っ掛けていた。

あっ、ヤバい、転ぶ！

わたしは、せめて女の子をかばおうと、身体をひねりながらアスファルトに激突した。そのとき視界の隅っこで何か小さなモノが転がったのが見えた。それは花壇と花壇の隙間を抜けて、歩道の奥の磯(いそ)へと続く草むらの斜面に落ちたように見えた――けれど、このときのわたしは、それどころじゃなかった。女の子をかばったせいで、アスファルトに右肘をしたたか打ち付けていたのだ。

激痛が走る右肘の上で、女の子がもぞもぞと動いた。

「痛(い)っ……、大丈夫？」

路肩に転がったまま、わたしは腕のなかの女の子に問いかけた。自分の喉から出たとは思えないくらいに声がひび割れていた。

すると、女の子が口を開くより先に、お父さんが駆け寄ってきて、わたしと女の子を上から覗き込むようにした。もっさりとした髭面が広い青空を覆い隠す。

「みーちゃん！」

お父さんの声を聞いて安心したのか、女の子がわっと泣き出した。お父さんはアスファルトに片膝を突いて、わたしの腕のなかの女の子を抱き上げると、まずは娘の様子を確認した。そして、すぐにわたしに向き直った。

「娘が、本当にすみませんでした。お怪我(けが)はありませんか？」

「え……あ、はい。大丈夫です」

わたしは路肩で仰向けに転がったまま、反射的にそう答えていた。

本当は肘が痛いけどね――、と思いながら上体を起こしたとき、ようやくお母さんが道路を渡ってきて、お父さんの腕から泣いている娘を引き取った。いったん、ぎゅっと娘を抱きしめたお母さんは、心からの安堵の表情を浮かべながら「もう……、いきなり道路に飛び出しちゃ駄目でしょ」と娘を軽く叱責(しっせき)した。そして、わたしを見下ろした。

「ありがとうございます。娘が……本当に助かりました」

「いいえ、わたしは、別に」

「あの、お怪我は？」

お父さんも、お母さんも、眉をハの字にして、わたしを見下ろしていた。暑苦しいような謝罪と感謝の気持ちが、二人の表情から溢(あふ)れ出していて――、善良な人に慣れていないわたしは、少し居心地が悪くなってしまった。

「ほんと、大丈夫なんで」

言いながら、そそくさと立ち上がった。

「ほら、みーちゃん、お姉さんにありがとうは？」

お母さんに促された女の子は、えっぐ、えっぐ、と泣きながらも「ありがと……」と言った。

「本当に、すみません」と、しつこく頭を下げるお母さん。

「いいえ……」

見知らぬ三人から善良な圧のある視線を向けられたわたしは、とにかく一刻も早くここから立ち去りたくて、逆にへこへこと頭を下げながら「じゃあ、わたしは、これで」とかすれた声で言うと、ふたたび道路を渡って大股で歩き出した。

　そのまましばらく歩道を歩いて、さすがにもう三人がこちらを見ていることはないだろう、と思ったところで、歩幅を元に戻した。そして、パーカーのポケットに両手を突っ込んだ。

　右手と左手がポケットのなかで虚しく触れ合った。

「あ……」

　わたしは小さな声を洩らした。

　道路を転がり、磯へ続く草むらへと落ちていったモノ――。

　歩幅が徐々に狭くなり、やがて足を止めた。

　後ろを向くかどうか迷って――、深いため息をこぼした。

　もしも、いま、わたしが来た道を戻ったら、さっきの親子三人と出くわしてしまうだろう。出くわせば、わたしがUターンしてきた理由を問われるに違いない。そこで、わたしが下手に事情を説明したりでもしたら、「じゃあ、一緒に探します！」なんてことになりそうで困る。なにしろ、失くしたのは、他人から見たら「ただの石ころ」なのだ。その「ただの石ころ」に対する想いを赤の他人に説明するハメになるのは、いっそう気恥ずかしい。

　せっかく十二年ぶりに掘り起こしたのに。

　やっぱり、わたしはツイてない……。

　肩を落として、ふたたび歩きはじめた。

　白い海鳥がゆっくりと頭上を飛び、その影がフラワー・ロードを横切った。

　海の方から、さらっとした木綿の風が吹いてくる。

　花壇に植えられた色鮮やかなポピーたちが、その風に撫でられて、くすぐったそうに揺れていた。

わたしは、黙々と歩いた。

この後、まさかの「食い逃げ犯」にされてしまう、思い出のお寿司屋さんを目指して。


「ちょっと、あんた、ちゃんと歩きなさいよ」

わたしの手首をつかむ未來ちゃんの手に力が加わった。

「………」

未來ちゃんは、乱暴な感じでわたしを引っ張って夕凪寿司へと連行する。事情を知らない髭面のクマさんは、いまだにわたしが食い逃げしたことが信じられないようで、未來ちゃんにあれこれ質問しながら、すぐ後ろを付いてくる。

「逃げようとしたって無駄だからね」

「………」

もはや、わたしには逃げる気力など残されていなかった。

母の葬儀を終え、心が自由になり、ハンバーグの石を掘り起こし、今日から人生を変えるんだ――、そう意気込んでいたはずなのに。まさか、食い逃げ犯になってしまうなんて……。

ツイてないにもほどがある。

わたしは自分の人生を呪いながら、ぐいぐいと力強く引っ張る未來ちゃんの言うがままになっていた。

「ほら、あんたが先に入りなさい」

未來ちゃんに背中をドンと押されたわたしは、ふたたび夕凪寿司の暖簾をくぐった。

するとカウンターのなかにいたさやかさんが、こちらを向いて、のんきな声を出した。

「あ、未來ちゃん、お帰りなさい」

伊助さんは、すでに目を覚ましていて、手にしていた将棋雑誌をそっと置いた。

「ほら、突っ立ってないで、もっと奥に行く」

ふたたび未來ちゃんに背中を押されて、わたしはよろけながら奥へと進んだ。

「ここに座りな」

「………」

言われるまま、伊助さんの近くのカウンター席に座った。

すると、さやかさんが近づいてきて、

「はい、お茶、どうぞ」

なぜか、わたしの前に湯呑みを置いてくれた。

「クマさんは、ここに座って下さい。もしも、この女がまた逃げようとしたら、通せんぼして、とっ捕まえて下さいね」

未來ちゃんはそう言いながら、自分はカウンターのなかに入った。

「さすがに、もう逃げないと思うけどね」

言いながら、クマさんは、わたしの隣に腰を下ろした。

「はい、クマさんも、お茶、どうぞ」

さやかさんがクマさんにもお茶を出した。

「おっ、さやかちゃん、サンキュ」

どうやらこの人は、お店の常連さんみたいだ。

「で、この女、どうします？」

カウンターをはさんで、わたしの正面に立った未來ちゃんは、誰にともなく言った。

「どうって――」

さやかさんが困ったような顔をして伊助さんの方を見た。

伊助さんは、腕を組んで「うーん……」と唸ってみせたけれど、別に深刻な顔をしているわけでもなく、むしろこの状況を愉しんでいるようにすら見える。

「あのさ」としゃべりはじめたのは、わたしの隣のクマさんだった。「俺は、たまたま、この二人と出くわしただけの部外者だけど――、どうしても、この娘さんが食い逃げするような人だとは思えないんだよなぁ」

「いや、でも、この女、実際に逃げましたよ」

未來ちゃんが低い声で言う。

「まあ、そうなんだろうけど。でもさ、食い逃げしたってことは、そうしなくちゃならなかった事情があるはずだよね？」

「事情があっても、犯罪は犯罪ですから」

未來ちゃんの言う通りだと、当のわたしですら思う。

「なにか、事情は、あるの？」

さやかさんが、うつむいたわたしを軽く覗き込むようにして言った。

事情？　あると言えば、ある気もする。

でも、わたしの場合、どこからが事情なんだろう？

正直、このとき、わたしの頭は混乱していた。だから、上手に説明できる気がしない。とはいえ、お金はちゃんと払うつもりだったのだ。これは嘘じゃない。せめて、それだけでも伝えてみようか……。

「あんた、黙ってちゃ、わかんないでしょ」

きつめの声を出した未來ちゃんをチラリと窺った。

未來ちゃんは、やっぱり怖い目をしていた。威圧感のある「強者」の目だ。わたしの脳裏に母の目がフラッシュバックする。

「す、すみません……」

気圧されたわたしは、反射的に謝っていた。

「ふつうに考えると、やっぱり、お金が無かったとか？」

クマさんが、具体的に問いかけてきた。一問一答なら、答えられそうだ。

「お金は、あんまり無いですけど……、でも、五〇〇円くらいなら」

「そっか。じゃあ、逃げることはなかったよね？」

「わたし、最初は逃げるつもりなんてなくて……。お支払いをしようと思ったら、暖簾の外で子供の悲鳴が聞こえた気がして」

「悲鳴？　子供の？」

クマさんが小首を傾げた。

「はい。それで、ちょっと気になって、外の様子を窺ってたら」

「ちょうどわたしが出てきて、あんたを見咎(みとが)めたってわけ？」

わたしとクマさんの会話に、未來ちゃんが加わった。

「……はい」

未來ちゃんの顔色を見ながら、わたしは頷いた。

大丈夫。嘘は、ついていない。

「子供の悲鳴なんて、聞こえました？」

未來ちゃんは、伊助さんとさやかさんを順番に見た。

「いやあ、俺は昼寝してたからなぁ」

「わたしも、厨房にいたから」

二人は、似たような表情で小さく首を振った。

すると未來ちゃんは、大事なことを思い出したように言った。

「っていうか、あんた、それが本当なら逃げる必要ないよね？」

「え……」

「だって、ふつうに『いま子供の悲鳴が聞こえたんで』って言えばいいだけじゃん。それなのに、なんで逃げたわけ？」

未來ちゃんは正論を口にした。でも、あの瞬間のわたしは、フラッシュバックのなかにいたのだ。過去の恐怖に怯えて、ふつうの判断ができない心理状況にあった——と思う。

「そ、それは……」

「それは、なに？　下向いてないで、ちゃんと目を見て言いなさいよ」

「まあまあ、未來ちゃん」クマさんが、未來ちゃんをやんわりと制した。そして、わたしの肩にそっと手を置いて言った。「逃げた理由、よかったら、ぜんぶ正直に聴かせてくれないかな？」

わたしは、うつむいたまま、ゆっくりと呼吸をした。

ぜんぶ？　正直に？

すべてを話したら、信じてくれるだろうか？

いや、わたしの言葉なんて、他人には「作り話」に聞こえてしまいそうだし、そもそも、わたしの過去がどうあれ、逃げてしまったことに変わりはないし――。

「まひろちゃん」

柔和な目をした伊助さんが、わたしの名前を呼んで、答えを促すように頷いてみせた。

「まひろちゃんって言うんだ。いい名前だねぇ」

さやかさんが、綿飴の声で言う。

クマさん、伊助さん、さやかさん。

何なの、この人たち。

これまでのわたしの人生に、こういう人って、いた？

いわゆる、偽善者――的な？

黒く歪(ゆが)んだ気持ちでそう思ったとき、ふと、耳の奥で声が聞こえた気がした。

この石がどこにあっても、まひろちゃんを守ってくれるよ――。

明海お兄ちゃんの声だった。

もしも、いま、明海お兄ちゃんがいてくれたら、きっと、わたしの代わりに、淡々と本当のことを説明してくれるんだろうな、という気がした。でも、考えてみれば、あのときの明海お兄ちゃんはまだ小学六年生なのだ。二十二歳のわたしが頼るには、あまりにも幼い。

なんか、もう、いいや。

わたしは肚をくくることにした。偽善者だろうが、何だろうが、ここにいる人たちには、すべて話してしまえ——。

「えっと……」わたしは、いったん大きく息を吸い込んでから、ゆっくりしゃべりはじめた。「じつは、わたし、十二年前にもこのお店に来てるんです」

意外そうに顔を見合わせた伊助さんとさやかさん。

かまわずわたしは、自分の生い立ちを皮切りに、母からの精神的虐待、義父によるＤＶ、両親の離婚、あの雨の夜、母がわたしを連れてこの店に来た理由を吐露した。

なるほど、わかるよ。大変だったんだね。それで？

伊助さんとさやかさんは、共感の言葉で合いの手を入れてくれる。わたしはそれにするすると流されるように、会社が倒産して無職になったこと、母の死、いまだに起こるフラッシュバックのことまで打ち明けた。

そして、悪魔のようだった義父について話したとき——、それまでずっと黙っていた未來ちゃんが低い声で口を挟んだ。

「ちょっと、いい？」

「え？　あ、はい……」

「そのクソみたいなオッサン、いまはどうしてんの？」

「えっと……、それは、わかりません」

「なんでよ？」

「もう関わりたくないので……、ずっと音信不通にして」

「あんたの居場所は、バレてないの？」

「はい。わたしが一人暮らしをしはじめたとき、母以外、誰にも知らせてないので」

「お母さんが、そのクソに知らせたってことは？」

なぜか未來ちゃんは、義父のことをしつこく訊いてきた。

「ない、と思います」

「ほんとに？」

「はい。母も、義父とはきっちり連絡を絶っていたので」

「そう。なら……、まあ、いいけど」未來ちゃんは少し安堵したように「ふう」と息を吐いた。そして、続けた。「で、結局、あんたは、どうして逃げたわけ？」

本人に訊かれたら仕方がない。わたしは正直に答えることにした。

「えっと、ごめんなさい。未來さんに見咎められたときの目が、母の怖い目と重なって見えて……」

「え……」

未來ちゃんの眉間に、少しシワが寄った。

「軽いフラッシュバックを起こしちゃって――。それで、わたし、パニック気味になって、つい……」

「…………」

少しのあいだ、黙ったまま複雑な顔をしていた未來ちゃんが、さやかさんを見た。

「あの、さやかさん」

「ん、なぁに？」

「わたしの目って、そんなに怖いですか？」

するると、さやかさんはくすっと笑った。

「そうだねぇ、まあ、未來ちゃんが怒ったときは、なかなかの迫力だよね」

「えー、じゃあ、なんか結局、悪いのは全部わたしみたいじゃないですか。わたしが目で脅したせいで、この娘が逃げて、わたしが追いかけて捕まえて、ここに連れ戻してきて——」

「だとしたら、完全に未來ちゃんの空回りだな」

そう言ってクマさんが陽気に笑った。

「ようするに、まひろちゃんは、代金を払うつもりだったってことで——、いいのかな？」

伊助さんがわたしを見て言った。

「はい……」

と正直に答えてはみたけれど、そんなに簡単に信じてもらえるほど世の中は甘くないってことくらい、わたしは経験上よく知っている。

ところが、わたしが知っているはずの甘くない世の中をコロリと反転させたのは、まさかの未來ちゃんだったのだ。

「じつは、この娘——、わたしが捕まえて地面に押さえ込んだとき、この五〇〇円玉を握ってたんですよね」

未來ちゃんは、言いながら作務衣のポケットから五〇〇円玉をつまみ出して、みんなに見せた。

「ってことは……」と伊助さん。

「この娘、嘘はついてないかも」

「え……？」

わたしは、思わず正面にいた未來ちゃんを見た。

「あんた、嘘、ついてないんでしょ?」

「は、はい」

「じゃあ、うん。わかった」

「………」

「わたしが悪かったです」

「え——」

「疑って、脅して、追いかけて、背負い投げして、押さえ込みまでして、ごめんなさい」

そこまで言うと、未來ちゃんは、いきなり腰を深く折った。おかっぱ頭がカウンターの向こうに隠れてしまうくらい、思い切り頭を下げたのだ。

「えっ、ちょっ、あの、そんな……」

わたしが狼狽しはじめると、未來ちゃんはさくっと顔を上げた。

「いい?」

「え……?」

「わたし、いま本気で謝ったんだけど、これでいい?」

「あ、はい。えっと、こちらこそ、すみません」

「なんであんたが謝んのよ」

「あ、いえ、す、すみません」

「うふふ。まひろちゃん、また謝ってるぅ」

と、さやかさんが突っ込んだところで、店内の空気がふわっと緩(ゆる)んだ気がした。

どうやら、わたしは本当に無罪放免となったらしい。

よかった……、と心底ホッとしていたら、いきなりクマさんがパチンと手を叩いたのだ。

「そう言えばさ——、さっき、まひろちゃん、うちの娘を助けてくれたときに、何か落とさなかった？　こんくらいのモノが道路を勢いよく転がっていって、草むらに落ちたように見えたんだけど」

クマさんは、右手の人差し指と親指でハンバーグの石のサイズを示しながらわたしを見た。

「ああ、ええと、それは……」

言うべきか否か、わたしが迷っていると、未來ちゃんが苛々したように嘆息した。

「はあ。だから、落としたの？　落としてないの？」

「お、落とし、ました」

「で、それはナニ？　大事なモノなの？」

畳み掛けるような未來ちゃんの問いかけに、わたしはつい、

「大事なモノです」と答えてしまった。

「ふうん。で、ナニを落としたのよ？」

「石ころ……、です」

わたしがぼそっと言うと、そこに居合わせた全員の頭上に、透明な「？」が浮かんだように見えた。

まあ、そうなるのも仕方がない。なにしろ、二十歳を過ぎた大人の女の「大事なモノ」が、まさかの石ころなのだから。

「それ、何か意味のある石ころってこと？」

未來ちゃんが、確認するように言った。

「えっと、はい……」

おそらく、頷きながらわたしは赤面していたと思う。

と、そのとき、お店の玄関の方から男性の声が聞こえてきた。

「おーっす」

見ると、六〇代くらいの小柄なおじさんだった。やや薄くなった白髪（しらが）を七三分けにしていて、日に焼けた顔に人好きのする笑みを浮かべている。

「おう、カネさん。また負けに来たのかい？」

陽気な返事をしたのは、伊助さんだった。

「いやいや、今日は勝たせてもらうよ。おっ、クマちゃんも来てんのか。で、えっと……」

カネさんと呼ばれたおじさんは、わたしを見て「誰？」という顔をした。

「この娘は、まひろちゃん。新顔だよ」

伊助さんは、そう言ってわたしを紹介した。

「そうか。まひろちゃん、よろしくな」

カネさんは、わたしの背後を通るときに、ポン、と肩を叩いた。そして、そのまま伊助さんの隣の椅子に座った。

「あの人はね、金光武則（かねみつたけのり）さんっていうんだけど——」クマさんが、わたしに説明をしはじめた。「まひろちゃん、金光建設って知ってる？」

「あ、はい。名前だけは」

たしか、地元では一、二を争う建設会社のはずだ。

「カネさんはね、そこの社長さんなんだよ」

クマさんが紹介しているあいだ、社長さんと伊助さんは、カウンターテーブルに二つ折りの将棋盤を開いて、さっそく駒（こま）を並べはじめていた。

「あの二人ね、よく、あそこで将棋をやってんの」

とクマさんが言うと、それを聞いていた伊助さんが駒を並べながら「まあ、こいつは俺の弟子みたいなモンだから」と言った。

「おいおい、誰が弟子だよ？　ちゃんと正直にライバルって言わないと」

社長さんは、不服そうに言い返す。

「えー、でも、わたし、社長さんが、うちのおじいちゃんに勝ってるとこ、一度も見たことない気がします」

さやかさんが、ふわふわの声で突っ込むと、たまらず社長さんは吹き出した。

「こら、さやか、そりゃないだろ。俺だって、ちゃんと勝ってるんだから」

「たまには、な」と伊助さん。

「たまには、じゃないだろ。ときどき、だろ」

「同じだろ、それ」

伊助さんと社長さんは漫才みたいな会話をはじめた。

と、そのとき、ふいに未來ちゃんが二人の会話に割って入った。

「あの、社長さん」

「ん？」

駒を並べ終えた社長さんが顔を上げた。

「たしか、先週くらいに、会社の事務員の女の子が辞めて困ってるって言ってましたよね？」

「おお、そうなんだよ。なんだか遠距離恋愛中の彼氏んとこに行くとか言って、あっさり辞めちまってよ——。で、それが、どうした？」

「この娘なんですけど、ずっと勤めてた会社が倒産して無職になっちゃったらしいんです」

未來ちゃんは、わたしを指差しながらそう言った。

「え……」

ちょっと、ナニこの展開？

わたしが、ぽかんと未來ちゃんを見ていたら、社長さんが声をかけてきた。

「あらら。会社が倒産して無職か。そりゃ大変だったな。で、あんた、まひろちゃん、だっけ？　仕事を探してんの？」

「え？　まあ、はい……」

一応、ハローワークには顔を出したし、ネットで求人情報を漁ったりもしている。

「そうか。事務職は、やったことある？」

「はい……」

「経理は、苦手かい？」

「いえ、苦手では、ないです」

というか、前職ではモロに経理部に所属していたのだ。

「つーか、カネさんよ、あれこれ訊く前に、そもそもまひろちゃんに、その気があるかどうか、だろ？」

そう言って伊助さんが、わたしの気持ちを議題にのせてくれた。

「えっと、わたしは、まだ、どんな会社なのか……」

「あはは。そりゃ、ごもっともだ。まあ、とりあえずホームページでも見てさ、うちの会社に興味があったら、ここに連絡してきなよ」

社長さんは、傍に置いていたポーチのなかから名刺を一枚取り出すと、こちらに差し出した。

「ほかでもない未來の推しってことで、優先的に面接すっからさ。ほれ」

「ありがとう、ございます……」

わたしは両手でその名刺を受け取った。

「んじゃ、まあ、そういうわけで――。そしたら伊助さん、一局、手合わせを」

「おうよ」

二人が将棋の盤面に視線を落としたとき、さやかさんが小声で未來ちゃんに言った。

「わたし、そろそろ夜の仕込みをするね」

「あ、じゃあ、わたしも」

「ううん、いいよ、未來ちゃんは」さやかさんは、首を横に振ってみせた。「探してあげるんでしょ？」

「え――」

「今夜の仕込みは、ほとんど終わってるし、行っておいで」

さやかさんの言葉に、未來ちゃんは一瞬、顔をほころばせてわたしを見た――と思ったら、なぜか、すぐにムスッとした顔になった。

「じゃあ、あんた、行くよ」

「え？」

行くって、どこに……？

「石ころ、大事なんでしょ？」

まさか、ハンバーグの石を、一緒に――？

「まひろちゃん、明るいうちに。見つかるといいね」

さやかさんは、わたしに向かってパチンと芝居がかったウインクを飛ばした。

「ほら、早くしなさいってば。日が暮れちゃうよ」

すでにカウンターを出ていた未來ちゃんが、玄関の暖簾の前で腕を組んでいた。

「あ、あ、えっと――、はい」

わたしも席を立った。そして、さやかさんに軽く頭を下げて未來ちゃんの待つ玄関へと向かった。


お店を出たわたしたちは、しばらく無言のまま商店街を歩いた。少し前を未來ちゃんが歩き、その斜め後ろをわたしが付いていく。

「フラワー・ロードは、右？　左？」

「あ、右です」

すたすたと大股で歩く未來ちゃんは、フラワー・ロードと交差する信号を渡ってから右に折れた。わたしたちの左手に海が広がった。昼間は抜けるようなブルーだった空が、いつのまにか夕暮れ前の白茶けた色に変わっていた。

「あんたさ」

前を向いたまま、未來ちゃんが話しかけてきた。

「はい……」

「昔のこと、フラッシュバックするんでしょ？」

「ときどき、ですけど……」

「あんまりひどかったら、心療内科に行くとか、専門家に相談した方がいいと思うよ」

「え——」

この人、わたしのことを心配してくれてるの？

「まあ、相談したからって、簡単に治るとは限らないけど」

「えっと……」

「なによ。言いたいことがあるなら、はっきり言いなさいってば」

未來ちゃんは、斜め後ろにいるわたしをちらりと見た。

「あの、どうして——」

「そういうので苦しんでる人、知ってるから、わたし」

「え……、それって」

誰のことですか？　と訊く前に、未來ちゃんはいきなり言葉をかぶせて話題を変えた。

「つーか、その石ころ、フラワー・ロードのどの辺りで失くしたわけ？」

「どの辺りか——は、ちょっと口では説明しにくいですけど」

なにしろ、この道は、どこまで行っても似たような風景が続いているのだ。ただ、ひたすら歩道に沿ってポピーが咲いていて、左手には海が広がっているだけ。説明のしようがない。

「でも、だいたいの場所は覚えてると思います」

「そう。じゃあ、その辺に着いたら教えて」

「はい」

「あと、その『石ころ』って、どんな石ころなの？」

わたしにとっての「石ころ」は……、

「なんて言うか……、お守り、みたいなモノです」

気恥ずかしくて、わたしは無意識に声のトーンを落としていた。すると未來ちゃんが、こちらを振り向いた。

「は？　なにそれ？」

「え……？」

「わたしは、そんなこと訊いてるんじゃなくて、石ころの大きさとか、形とか、探すのに必要な情報を聞こうと思ったんだけど」

「あ……」

とんだ勘違い。

きっと未來ちゃんは内心で嘲笑（ちょうしょう）しているだろう。

羞恥（しゅうち）のあまり、耳や頬が上気してくる。

「まあ、でも、いいわ。お守りだったら、失くしたくないよね」

「……はい」

「じゃあ、ついでに訊くけど」

「…………」

「その石ころ、どうしてあんたにとって大切なお守りなの？」

「あ……いや、それは」

「いや、それは、じゃないでしょ。途中まで聞いて止められたら、こっちだって気になるじゃない」

未來ちゃんの歩幅が少し狭まった。そして、わたしの横に並んだ。それでも話せずにいるわたしに、未來ちゃんは前を向いたまま言った。

「わたしにも、あるから」

「え？」

「そういう、お守り的なもの。石ころじゃないけど」

「未來さんにも？」

「ま、内緒だけどね」

そう言って未來ちゃんは、こちらを見た。ニヤリと悪戯っぽく笑っていた。

「内緒……」

「そう。内緒。でも、あんたは石ころのこと教えなさいよ。これから探すのに付き合ってあげるんだから。わたしには知る権利くらいあるでしょ？」

まあ、たしかに、そう言われると……。それに、未來ちゃんに話したからといって、減るものでもないし、今後、未來ちゃんと接点を持つわけでもない。旅の恥はかき捨て、みたいなものだ。

「わかりました……」

ため息のように言って、わたしはハンバーグの石にまつわるあれこれを未來ちゃんに説明した。小学四年生の頃の自分、拾った石ころの形や感触、ざわざわ公園、明海お兄ちゃん、母からの叱責。そして、宝物として土のなかに隠したハンバーグの石を、今日、久しぶりに掘り起こして――。

「で、ちゃんとあったんだ、土のなかに？」

未來ちゃんは、ただでさえ大きな目を丸くしていた。

「はい」

「そっか。やっと再会できた石を……」

未來ちゃんは「石ころ」ではなく「石」と言った。そして、少し遠くを見るように視線を上げて「ふう」と息を吐くと、小豆色の作務衣のポケットから白いたすきを取り出して、歩きながら手際よくキュッと袂にかけた。

「これ、わたしの本気モード」

そう言って小さく笑った未來ちゃんを、わたしが思わずぽかんと見ていたら――、ハッとした未來ちゃんは顔を赤くして、瞬時に怖い顔をしてみせた。

「まあ、本気だからって、見つかるとは限らないけどね」

「あ、はい……」

それから、わたしたちは無言のまま歩いた。横にいた未來ちゃんは、また、わたしの少し前へと戻ってしまった。

「あの――」

わたしは未來ちゃんの背中に声をかけた。

「なによ」

返事に棘がある。

「多分、この辺りだと思います」

「え？」と足を止めた未來ちゃんが「多分？」と聞き返す。

「すみません。絶対って言える自信は無いんですけど」

「…………」

「でも、わたしは、この辺りで転んで、石は、この花壇と花壇の隙間を転がっていって――」

「この辺の草むらに落ちた、と」

未來ちゃんは、歩道に沿って延びる柵に寄りかかると、ごつごつとした磯へと落ち込んでいく草むらの斜面を覗き込んだ。

「見つかり、ますかね?」

「は? そんなの――」と言いながら、未來ちゃんは柵を乗り越えはじめた。そして、草むらの斜面に降り立つと「探してみないと分からないでしょ」と正論を口にした。

すぐにわたしも柵を乗り越えた。斜面にびっしりと生えた草は膝丈くらいはある。

「じゃあ、あんたは、そっちを探して。わたしは、この辺りを探すから」

「はい」

未來ちゃんは斜面に両膝を突くと、せっせと草を分けながら探しはじめた。わたしもそれに続いた。

背後から吹き付ける海風に、草たちがさわさわと揺れる。

時折、見知らぬ人が歩道を通りかかっては、草むらに這いつくばったわたしたちに好奇の目を向けていく。そのたびに、わたしは顔を伏せたけれど、未來ちゃんは、他人の目などお構い無しといった様子で、ひたむきにハンバーグの石を探し続けてくれた。

そのまま三〇分が経ち、一時間が経った。

しかし、ハンバーグの石は見つからなかった。

それでも未來ちゃんは、愚痴はもちろん、泣き言ひとつ口にせず、ただ黙々と丈の長い草をかき分け続けた。

時間の経過とともに、わたしたちは捜索範囲を広げていった。

一時間半が経ち、二時間が経った。

ふと顔を上げると、さっきまで白茶けていた空が、パイナップル色に染まっていた。

ちょっと待って――と、わたしは冷静になった。

たった二人で小さな石ころひとつを探し出すには、この草むらの斜面はあまりにも広すぎるよね？

そもそも、転んだのは、本当にこの辺りだった？　わたしの記憶は曖昧なんだよね？

だとしたら――さすがに、もう、これ以上は、申し訳なくて……。

わたしは膝立ちになって、固まった腰を伸ばしながら未來ちゃんの背中に声をかけようとした。

と、その刹那――、

「あった！」

五メートルほど先にいた未來ちゃんが声を上げた。

「えっ」

「ほら、これでしょ！」

と、こちらを振り返った未來ちゃん。

わたしは慌てて立ち上がると、未來ちゃんの方へと駆け寄った。

「はい。これ」

差し出した未來ちゃんの手から、わたしの手のひらに石が置かれた。

「…………」

その石は、ハンバーグの石と比べると、ふた回りくらい小さくて、重さも半分に満たなかった。すべすべ感も足りないし、色も青すぎる。でも、形は、まあまあハンバーグっぽく見える――ような気もする。

「どう？」

未來ちゃんは、とても真剣な目でわたしを見ていた。そして、その顔を見たとき、わたしは思わずくすっと笑ってしまったのだ。

「え、なに？」

未來ちゃんは、怪訝そうに眉をひそめた。

「おでこに、草が――」

「えっ？」

玉の汗が浮いた未來ちゃんのおでこに、芝みたいな細長い緑色の葉が張り付いていたのだ。

未來ちゃんは、右手で自分のおでこをこすった。そして、手にした小さな葉っぱを見るなり、急に恥ずかしそうに唇を噛んだ。パイナップル色の夕陽がなかったら、未來ちゃんの顔の赤さをもっとちゃんと見られたのに……。わたしが少し残念に思ったとき、ふたたび未來ちゃんが口を開いた。

「で？　結局あんたが失くしたのって、その石じゃないの？」

未來ちゃんは、照れ隠しの強い目でわたしを見た。

間近でその強い目力に対峙したわたしは、しかし、夕凪の海のように穏やかな気持ちのままでいられた。

「この石は――」

わたしは手のひらに載せた石をあらためて見た。

「…………」

少し身を乗り出した未來ちゃんの鼓動が、わたしに伝わってくるような気がした。

「うん。ハンバーグの石です」

わたしは嘘をついた。

「ほんとに？」

「はい。間違いないです」

嘘をついて、こんなに気分が晴れやかになったのは、生まれてはじめてだ。

今日からは、この石がわたしのお守り。

なにしろ今日は、わたしが母から――、いや「過去から」自由になる記念日なのだ。そのための儀式も、まかないを食べながら済ませてある。

「うっし」

小さくガッツポーズをした未來ちゃんは、すぐに、フフン、とドヤ顔をしてみせた。

「ありがとうございます」

両手で石を挟みながらお礼を口にしたら、わたしの頬がとても自然な感じで緩んだ気がした。

「大事なモノは、もう失くすんじゃないよ」

「はい。あ、それと――」

「なによ。まだ、何かあるわけ？」

未來ちゃんは、ちょっと不審そうにわたしを見た。

「はい。こめかみにも、小さな葉っぱが」

「えっ？」

慌てて左のこめかみを手でこすりはじめた未來ちゃん。

「ううん、こっちです」

わたしは、そっと右のこめかみに手を伸ばして、葉っぱを取ってあげた。

「…………」

ふたたび照れまくった顔をした未來ちゃん。その顔が、なんだか不思議なくらい可愛く見えたから、わたしのなかに、ちょっとした悪戯心が芽生えてしまった。

「嬉しいです」

「え？」

「顔に葉っぱを二つもくっつけるくらい真剣に探してもらえて」

すると、わたしの予想どおり、未來ちゃんは視線を泳がせた。もはや夕陽を浴びていてもはっきりわかるくらいに赤面している。

「べ、別に、わたしは、そんなに真剣ってわけじゃ……、たまたま、見つかっただけだし」

わたしは、何も言わず、ただにこにこしていた。

すると照れまくりの未來ちゃんは、「ってか、見つかったんだから、もう、さっさと帰るよ」と、怒ったような顔になった。

「はい」

わたしは素直に返事をした。

斜面の草むらを登ったわたしたちは、柵を乗り越えてフラワー・ロードの歩道へと戻った。

すると未來ちゃんが、かけていたたすきを外しながら言った。

「わたしはお店に戻るけど、あんたはどうすんの？」

「どう……って」

「だーかーら、まかないじゃなくて、ちゃんとしたお寿司を食べるのかってこと！」

苛々した未來ちゃんの強い目が、まっすぐわたしに向けられた。

すると、どうしてだろう――、その瞬間、わたしの両目の奥がじんわりと熱を持ってしまったのだ。

外したたすきを丸めて作務衣のポケットにしまうパイナップル色の未來ちゃんが、ゆらりと揺れた。

わたしは未來ちゃんに気づかれないよう、下を向いて、まばたきをした。

二つのしずくが、ぽと、ぽと、とアスファルトに落ちた。

「じゃあ――」と言いながら、わたしは顔を上げた。「せっかくなので、お寿司、いただきます」

不器用かも知れないけれど、笑顔で言えた。

素直な気持ちを言葉にするのって、こんなにも気持ちがいいんだ。わたしは胸のなかのほかほかを味わいながら、人生ではじめての感慨に浸っていた。

「あっそ。じゃあ、行くよ」

未來ちゃんは素っ気なく言ったけれど、これは、きっと、わざとだ。わたしの涙に気づかないフリをするための演技に違いない。でも、その演技は、不器用なわたしより下手くそだけど……。

「はい」

わたしたちはフラワー・ロードを歩き出した。

帰り道の未來ちゃんは、わたしの歩幅に合わせて横を歩いてくれた。

広々とした海原から、パイナップル色をしたジューシーな風が吹いてきた。髪の毛が頬にまとわりつく。わたしは小さな石を握ったままの右手で、乱れた髪の毛を耳にかけた。

「そういえば、あんた、歳はいくつなの？」

肩が触れ合いそうな距離で未來ちゃんが訊いてきた。

「二十二です」

「えっ？」

未來ちゃんは、とても意外そうな顔をした。

「え?」

わたしは小首を傾げた。

「同い年――じゃん」

「はい。わたしは、だいたい一緒くらいかなぁって思ってました」

「なぁんだ。じゃあ、もういいよ」

「いいって、何が、ですか?」

「敬語。使わなくてもいいでしょ。これからはタメ口ね」

「えっ?」

今度は、わたしが意外そうな顔をしたと思う。

「何よ。驚くほどのこと?」

「…………」

わたしは何も言わず――、いや、言えずに首を横に振ってみせた。

敬語がどうの、じゃない。未來ちゃんとわたしの関係に「これから」がある――、そのことに、わたしは驚いたのだった。

「ナニ?」

「えっと、これから、ずっと――ですか?」

「は? あたりまえでしょ。途中から敬語に戻すなんて、ある?」

やっぱり、「これから」が、あるんだ。

「あはは。ですよね。じゃあ、えっと、未來さんは、わたしのこと、あんた、じゃなくて――」

「まひろ、でいい? ってか、わたしのことも『さん』付けしなくていいから」

わたしは「あ、はい」と言って、すぐに「じゃなくて、うん、だよね」と言い直した。

「それでオッケー、まひろ」

「よろしくね、未來ちゃん」

照れ臭いのを堪えながら、わたしがそう言ってみたら、

「ちゃん――は、なんか、やっぱ、馴(な)れなれしいな」

「えっ、駄目? さやかさんも、未來ちゃん、って言ってたから」

「いや、まあ、別に、絶対に駄目ってワケじゃないけど」

未來ちゃんは、やれやれ、といった口調で言ったけれど、その横顔は、まんざらでもなさそうに見えた。

それからわたしたちは、どうでもいいようなおしゃべりをしながらフラワー・ロードを歩いた。さやかさんのしゃべり方くらい、のんびりとした足取りで。

やがて、少し先に、信号のある交差点が見えてきた。

あの交差点を左に曲がれば、夕凪寿司のある風波商店街だ。

「ねえ、さやかさんも、わたしたちと同い年くらい?」

わたしが訊くと、未來ちゃんは吹き出した。

「え、なんで笑うの?」

「さやかさんは童顔だからなぁ」

「…………」

「あの人、二九歳だよ」

「えーっ!」

「このままだと彼氏がいないまま三十路だよ。未來ちゃん、どうしようって、いつもボヤいてるよ」

未來ちゃんは、さやかさんのゆるふわな声色を真似ながら言った。

「あはは。そのしゃべり方、すっごく似てる」

「でしょ。さやかさん本人のお墨付きだから」

わたしたちは笑いながら交差点を左に曲がり、風波商店街に入った。

入ってすぐに色褪せたマネキンが立っている洋品店があった。そのショーウィンドウを見ると、パイナップル色に染まった二十二歳の女子が二人、映っていた。昼間に見たときよりも、ちょっぴり背筋が伸びたわたしと、できたてほやほや鮮度抜群の友達も。かつては「クラスの異分子」だったわたしにできた、目力がとても強くて、漫画かアニメのキャラみたいにツンデレな女友達。

わたしは店先を通り過ぎるまでショーウィンドウを眺めていた。

二人の姿が見えなくなると、ずっと右手で握りしめていた石をパーカーのポケットに入れ、両手で挟むようにして手触りを味わった。そして、小さくて、軽くて、少しざらざらしていて、ハンバーグに見えないこともないこの石に、名前を付けようと思った。

わたしは隣を歩く未來ちゃんの横顔を見た。

ツンデレさんの石――。

ぴったりな名前が、すぐに思い浮かんだ。いや、でも、友達だから「さん」はいらない。

ツンデレの石――。

うん。これで決まりだ。

触れるたびに、思い出すたびに、なんだかくすっと笑えそうで、いい名前だ。

「ちょっと、まひろ」

あんた、じゃなくて、まひろ。

「ん？」

「なに、ニヤニヤしてんのよ？」

「え、わたし、ニヤニヤしてた？」

「はぁ？　してたよ、思いっきり」

「そっか……、じゃあ、きっと、これかな」

わたしは、そう言いながらポケットのツンデレの石をツンデレな友達に見せた。

「それが、なに？」

小首を傾げた未來ちゃん。

わたしは、もう一度、未來ちゃんの「ツン」が見たくなって、呼び水となる言葉を口にした。

「わたしのお守り、見つけてくれて、ありがと。本当に嬉しい」

すると未來ちゃんは、わたしの想像以上に照れまくってくれた。

「は、はぁ？　べつに、たいしたことしてないし」

赤面しながら「ツン」を演じる不器用な未來ちゃんが可愛くて、こちらを睨む目力が優しくて——。

わたしはニヤニヤしながら涙を必死に堪えていた。

少し先に、夕凪寿司が見えてきた。

海の匂いのするパイナップル色の風が吹いて、藍色の暖簾がひらりと夢のように揺れた。

第二章　自転車デート

【遠山未來】


「どう？　めちゃくちゃ美味しくない？」

わたしは、カウンターの隣の席で野菜カレーを食べているまひろに訊いた。

「美味しい。病み付きになりそう」

まひろは満足げに目を細めると、サクッと揚げられたレンコンにカレーのルーをたっぷりつけて口に入れた。

「むふふ。でっしょ」

幸せそうなまひろを見て、わたしも熱々のカレーを頬張った。味が複雑で、コクがあって、辛味もちゃんとあって――、きっと調合が上手いのだろう、スパイスの辛味と香りが、無農薬にこだわった数種の野菜の旨味(うまみ)を絶妙に引き立てている。

うん、やっぱり、最高に美味しい――。

以前、さやかさんに連れてきてもらってから、わたしはすっかりこの店のカレーのファンだ。と言っても、ここはカレー屋さんではなくて海辺のカフェなのだけれど。

店名は「シーガル」。

日本語に直訳すると「カモメ」。

わたしが住み込みで雇ってもらっている夕凪寿司のある風波町のお隣り、龍浦町――その渚に面した国道沿いに、ちょこんと佇む小さなカフェだ。

手作り感あふれるこの店は、水色に塗られた外壁が可愛らしいうえに、店内から窓ガラス越しに大海原を眺められるのがいい。しかも、テラス席に出れば心ゆくまで海風も味わえる。

今日は、朝から抜けるような晴天が広がっていた。「シーガル」の窓の向こうでたゆたう海原は、原色のブルーよりもさらに青く輝いていて、眺めているとため息が出そうになる。

「未來ちゃん、今日はテラス席じゃないんだね」

この店のマスター、直斗さんが、落ち着いた声でわたしに話しかけてきた。

一年中、チョコレート色に日焼けしている直斗さんは筋金入りのサーファーだ。目の前の海にいい波が立つやいなや、さっさとお店を閉めて、サーフボードを抱えて海へ飛び込んでしまう。ようするに、やんちゃな少年がそのまま大人になったみたいな人なのだ。誠実で表裏のない性格と無垢な笑顔、そして甘いマスクがあいまって、女性ファンがとても多いという噂をよく耳にする。

「今日は暑すぎて、テラスでカレーは、ちょっと……」

わたしは本音をそのまま口にした。

「あはは。この猛暑だと、さすがの未來ちゃんでも無理か」

言いながら直斗さんは、まぶしそうに目を細めて窓の外を眺めた。

「テラスでカレーを食べてたら、わたし、汗をかきすぎて干からびちゃいますよ」

「あ、それなら心配ないよ」

「え？」

「もしも、未來ちゃんが干からびたら、俺がたっぷり氷水をかけて戻してあげるから」

「えーっ、わたし、乾燥ワカメじゃないんですけど。っていうか、どうせかけるならビールにして下さい」

「あはは。じゃあ、美味しいビールを冷やしておくよ」

わたしと直斗さんは、いつものように下らない冗談のキャッチボールをしていた。そんなわたしたちを控えめな目で見ながら、まひろが静かに野菜カレーを頬張っている。

まひろと出会ってから、気づけば二ヶ月が経っていた。

食い逃げ騒動があったあの日をきっかけに、わたしたちは、ちょくちょく連絡を取り合う仲になり、時間が合えば今日のように二人で出かけている。

ぶらぶらと海辺を散歩しながらおしゃべりをしたり、電車で街まで遠征してショッピングを楽しんだり——、そして、今日は自転車で隣町の「シーガル」を往訪して絶品カレーランチだ。

正直いうと、風波町が生まれ故郷ではない「よそ者」のわたしにとって、この片田舎で同い年の女子と知り合えたのは、ある意味とてもラッキーだったと思っている。口にしたことはないけれど、まひろの食い逃げ（誤解だったけど）万歳！　と言いたいくらいだ。

「未來ちゃん、ちなみに、そちらのお連れさんは？」

直斗さんは小首を傾げて、まひろの方を見た。

わたしも釣られて、まひろを見た。

「え？　あ、えっと、わたしは……」

カレースプーンを手にしたまま、まひろがあたふたしはじめたから、代わりに答えてあげた。

「この子は、友達のまひろです」

「はい。まひろです。よろしくお願いします」

対人スキルにやや難ありのまひろは、へこへこと二度も頭を下げた。

「まひろちゃんっていうんだ」

「はい……」

「うちのカレー、どう？」

「美味しいです。めっちゃ、美味しいです」

今度は二度も美味しいですと言った。

「そっか。ならよかった」

無垢な少年みたいに目を細めた直斗さんを手で示しながら、わたしはまひろに紹介した。

「この人はマスターの直斗さん。無農薬でこだわり野菜をつくってる地元の農家の……長男、でいいんすよね？」

「うん。正解」

「ああ、だからカレーに入ってるお野菜が美味しいんですね」

「そういうこと」

と答えたのは、わたしだ。

「そういえば、今日は、さやかちゃんは？」

直斗さんが話題のベクトルを変えた。

「今日もせっせとお店で自主練してます」

「自主練？」

「自主練？」

直斗さんとまひろの声がピタリとそろった。

「はい。今日は、せっかくの定休日なのに、さやかさんたら早朝から起き出して、寿司職人としてレベルアップするための自主練をしてるんですよ」

「へえ、レベルアップか。例えば、どんな？」

直斗さんはカウンターに両手を突いて、少し身を乗り出した。

「そうですねぇ……、例えば、冷蔵庫で寝かせているいろんな魚の熟成具合と、味と香りをチェックしてノートに書き込んだり、地方から取り寄せてみた赤酢を他のお酢と調合してシャリの試作をしてみたり、エビを茹でるお湯の温度と茹で時間を変えながら、それぞれの味比べをしてみたり――、とにかくもう色々です」

「なるほど」直斗さんは感慨深げに頷いた。「さやかちゃんってさ、しゃべるとゆるふわな感じがするけど、芯の部分には、そういう職人気質みたいなものを隠し持ってるんだね」

「そうなんですよ。ああ見えて、わたしの知ってるすべての人間のなかで、いちばんの努力家だと思います」

「すごいんだね、さやかさんて……」

まひろが尊敬のまなざしを向けてくるから、なんだかわたしがくすぐったいような気分になってくる。

「うん。ほんと、すごい人なんだよ」

言いながら深く頷いたわたしの脳裏には、これまで幾度も目にしてきた、さやかさんのひたむきな「努力の現場」が浮かんできた。

例えば、さやかさんは、ひとたびアイデアがひらめいたら、それが真夜中であっても布団から飛び出し、厨房で試作品をつくりはじめるし、しかも、その試作に熱中しすぎて、気づいたときにはもう朝——なんてことはザラなのだ。もっと言うと、さやかさんの読書量にも、わたしは舌を巻いている。彼女の書棚にびっしりと並んでいるのは、寿司関連の本だけではなくて、世界各国のレシピ本、フランス料理の有名シェフの自伝、釣り人が書いたエッセイ、魚にまつわる雑学本、食にまつわる自然科学の本から、はたまた人体の構造を分析した科学本まで、とにかく多種多様なのだ。以前、わたしが「どうして、人体の構造なんて勉強してるんですか?」と訊いたとき、さやかさんは、さらりとこう答えた。

「うーん、人間の脳と舌に興味があるっていうか……、『美味しい』っていう感覚について、ちゃんと理解しておいた方がいいのかなって思って。うふふ」

さやかさんのゆるふわな笑顔を見ていると、どうしても「血のにじむような努力」というイメージが打ち消されてしまいそうになるけれど、すでに一年以上ものあいだ江戸川家に住み込みで働いているわたしは、ほぼ毎日のように目の前でそれを見せつけられてきたのだ。まるで何かに追い立てられてでもいるかのように、心にも身体にも負担をかけながら全力で突っ走っているさやかさんを見ていると、いつか前のめりに倒れてしまうのではないかと不安になることもある。

「ときどきね、どうしてそこまで努力するんだろうって、ちょっと心配になるくらいだよ」

わたしは、決して弱音を吐かないさやかさんの微笑を思い出しながら言った。でも、わたしの言葉の重みは、まひろには半分も伝わっていないようで、

「そっかぁ、やっぱ、格好いいなぁ……」

まひろは夢のなかの恋人を眺めるみたいにつぶやいて、瞳をきらきらさせていた。

まあ、実際に努力の現場を毎日のように見ていないと、あの鬼気迫るような空気感は理解できないよね——。

わたしは胸裏で自分に言い聞かせて話題を変えた。

「そういえば、さやかさん、最近、まひろの顔を見てないなぁって淋しがってたよ」

「え、ほんとに?」

まひろの瞳に喜色が浮かぶ。

「うん。わたしが言うのナンだけど、もう少しお店に顔を出したら?」

「でも、わたし、あんまりお金持ってないから、そんなに頻繁には行けないよ」

「だったら、また、まかないを食べに来ればいいじゃん?」

すると、まひろは眉をハの字にして苦笑した。

「ええと、ですね。そもそも、わたしにまかないを出すことに反対してたのって、どちら様でしたっけ?」

まひろはそう言うと、悪戯っぽい目でわたしを見た。

「そ、そりゃ、まあ、わたしだけど」

「ですよねぇ?」

「でも、あのときは仕方ないじゃん」

「仕方ない?」

「だって、あんたの行動がいちいち挙動不審すぎて、めちゃくちゃ怪しい奴に見えたし——、っていうか、あんた全身から〝ヤバい人オーラ〟を出しまくってたんだからね」

「えー、ひどーい。未來ちゃん、そこまで言う？」

と、頬を膨らせたまひろの目は、しかし、愉快そうに笑っている。

「あはは。未來ちゃんとまひろちゃんって、本当に仲がいいんだね」

しばらく黙ってわたしたちの会話を聞いていた直斗さんが、カウンター越しに口をはさんだ。

「べ、べつに、そんなことは」

「はい。仲良しです」

わたしとまひろの正反対な返事が重なって、直斗さんは吹き出した。

「二人は、いわゆる磁石のプラスとマイナスみたいな関係なんだろうな」

直斗さんの台詞に、なるほど上手いことを言うな、と思いつつも、わたしは照れ臭くて、つい、憮然とした顔をしてしまった。一方のまひろはというと、素直に微笑みながら、うんうんと頷いている。

ほんと、わたしたちはプラスとマイナスだ。

あるいは、素直と意地っ張り？

単純と複雑？

考えると、どれも正解な気がする。でも、わたしたちは「違う」からこそ惹かれ合って、友達になれたのかも知れない。そう考えれば、まあ、それはそれでいいような気もするけれど――。でも、本音を言えば、わたしと正反対なまひろの性格を、ときどき、ちょっぴりまぶしく感じることがある。そして、そう感じているときの自分のことが、わたしはあまり好きになれない。きっと自分の心の底にへばりついている、黒くてどろっとした感情の存在に気づかされてしまうからだろう。

それともうひとつ、わたしたちが惹かれ合ってしまう決定的な理由がある――と、わたしは確信している。そして、その理由をまひろはまだ知らない。おそらく今後もわたしはまひろに知らせることはないと思うけど。

複雑な思いが顔に出ないよう、わたしは、ふう、と呼吸を整えてから隣にいるまひろの横顔を見た。

視線に気づいたまひろがこっちを見て、にっこりと微笑む。

素直に微笑み返すことが苦手なわたしは、慌てて視線を外すと、皿に残っていた野菜カレーをせっせと口に運びはじめた。そんな天邪鬼(あまのじゃく)で無愛想なわたしを、まひろはいつだって上機嫌なまま、あっさりと受け入れてくれる。

そういう心の広いとこ、あんたはさやかさんと似てるよ——。

いつか、どうしてもまひろを直球で褒めなければならないときがきたら、わたしはその台詞をプレゼントしてあげようと思っている。

しばらくすると、店内に流れていたＢＧＭが、山下達郎(やましたたつろう)から大瀧詠一(おおたきえいいち)に代わった。

これ、テレビのＣＭで聴いたことがある曲だ——。

そう思って耳を澄ましていると、
コロン。

店のドアベルが鳴って、新たな女性のお客さんが顔を出した。

開いたドアの向こうから、青い潮騒と真夏の海風が流れ込んでくる。

「いらっしゃいませ。よかったら、海が見やすいそちらのテーブル席にどうぞ」

お客さんに声をかけた直斗さんがカウンターから出ていく。

すると、まひろが小さな声でわたしを呼んだ。

「ねえ、未來ちゃん」

「ん？」

「ここ、本当にいいお店だね」

「だから、来る前から、わたし、そう言ってたでしょ」

「うん。そうだよね。わたし、また未來ちゃんと一緒に来たいなぁ……。できれば、夏が終わらないうちに」

まひろが頬杖をついて、こちらに微笑みかけてきた。

「まあ、まひろが来たいって言うなら、わたしは、べつにいいけど」

わたしは変に照れてしまって、つい、そんな返事をしてしまう。

「ほんとに？」

「うん」

「やった。また、未来に楽しみが増えた」

「………」

「あと、明日も、楽しみだね」

「え？」

まひろが急に話を変えるから、わたしは一瞬、頭がフリーズしかけた。

「自分のことだから、ちょっと照れ臭いけど」

「ああ、そのことか」

そういえば、明日の夜は、夕凪寿司でまひろの就職祝いをすることになっているのだ。

「わたし、久しぶりに夕凪寿司に顔を出せるし」

まひろの言葉を翻訳すると『久しぶりに憧れのさやかさんに会えるし』となるのだろう。まあ、べつにいいけど。

「そういえばまひろ、明日って、何時スタートだっけ？」

「十九時だよ」

「そっか。了解」

わたしが頷いたとき、カウンターのなかに戻ってきた直斗さんが、食後のアイスコーヒーを出してくれた。

「二人は、明日も一緒に遊ぶの？」

「うーん、遊ぶっていうか、まひろの就職祝いをうちの店でやることになってるんです」

「え、そうなんだ。まひろちゃん、就職おめでとう」

直斗さんが胸の前で小さく拍手をした。

「あ、ありがとうございます」

「ちなみに、どこに就職したの？」

「えっと、金光建設という会社です」

「おお、あそこか」

「直斗さん、知ってるんですか？」

わたしが訊ねると、直斗さんは「もちろん。地元じゃ有名な企業だからね」と頷いた。

「じつは、あそこの社長、うちの常連さんなんです」

「へえ、そうなんだ。金光社長、たまにだけど、ここにも来てくれるよ」

「えっ、そうなんですね。なんか意外です」

「意外？」

「はい。だって、あの社長には、こういうお洒落なカフェとか、似合わなそうで」

わたしが言うと、直斗さんはくすっと笑った。

「あの社長さん、いつも一人でふらっと現れてさ、そこの窓辺の席に座るの。で、静かに海を眺めながら、ゆっくりと時間をかけて、必ずコーヒーを二杯飲むんだよね」

「あの社長が、静かに、海を？」

「うん」

「何もしゃべらないんですか？」

夕凪寿司に来たときの社長のイメージと違いすぎて、つい、わたしはしつこく訊いてしまった。

「ほとんどしゃべらないよ。しゃべるとしても、軽い挨拶と、最初の注文と、あとは『おかわり』くらいかな」

直斗さんの言葉は、わたしのなかを素通りしてしまう。

なにしろ、わたしが知っている金光社長といえば――、いつも肩で風を切って地元を闊歩しながら、がらっぱちな感じで誰にでも声をかけるキャバクラ通いのエロおやじ、といったところなのだ。

「なんか、寡黙な社長って、想像つかないね」

まひろが言って、わたしは「つかない」と即答した。

「あの社長のことは、たまに噂で聞くけどさ、普段はわりと豪快な感じの人なんでしょ？」

直斗さんの言葉に、まひろが答えた。

「はい。わりと、というか、かなり、です。でも、根はいい人だと思います」

「いい人、か……。うん。なんか、わかる気がするな」

直斗さんは、社長がよく座るという窓辺の席を眺めながら続けた。

「ここから海を眺めてるときの背中の丸みがさ、凪いだ海みたいに優しい感じなんだよな」

海を眺めているときの背中の丸み――。

直斗さんが普段どんな目でお客さんを見ているのか、ほんの少しだけわかった気がした。

「社長、会社でも優しいですよ。言葉が荒っぽいから初対面の人には誤解されがちですけど」

そう言ってまひろは、アイスコーヒーのグラスのなかの氷をストローでくるくると回した。

あの食い逃げ騒動のあと――、まひろは色々と考えた末に金光社長に電話をかけて面接を受けた。

結果は、とりあえず合格。まずは「三ヶ月間の見習い」として採用が決まったのだった。

それから、まひろはせっせと仕事に精を出し続けていた。本人いわく、もともと経理には明るかったから、配属された「経理部」の仕事は、わりとすんなりこなせたらしい。で、そうこうしているうちに、日々のまじめな勤務態度と仕事の貢献度が上司や同僚たちから評価され、三ヶ月を待たずして の本採用が決まったのだそうだ。

そして、いよいよ明日、八月一日から、まひろは金光建設の正社員となる。その就職祝いを、夕凪寿司でやろうということになっているのだ。

ちなみに、明日のお祝いの主催者は金光社長だけど、そもそもの言い出しっぺがわたしだということは、まひろには内緒にしてもらっている。

「あ、そういえば――」ふいにまひろがストローを手放してこちらを見た。「経理部の先輩たちがね、そのうちあらためて部で『歓迎会』をやるよって言ってくれてるんだけど……、ってことは、明日って誰が来てくれるんだろう?」

どうやら金光社長、主役のまひろに詳細を伝え忘れているらしい。だから、わたしが代わりに教えてあげることにした。

「ええと、わたしが聞いてる限りだと、社長さんとクマさんのほかに、龍馬さん、拓人さん、鮎美さんが来るらしいよ」

　龍馬さんは、日々、お店に新鮮な魚を届けてくれる仲卸さんで、さやかさんの幼馴染でもある人だ。拓人さんは若くして海辺に別荘を持っているお金持ちのトレーダー（投資家）。そして鮎美さんは、さやかさんの小中高校の先輩であり、かつ、金光社長お気に入りの地元のキャバ嬢。みんな、それぞれ、夕凪寿司でまひろと出会い、顔見知りになった常連さんたちだ。

「なんか、濃い時間になりそう……」

　まひろが微苦笑しながら言ったけれど、たしかにキャラの濃いメンバーがそろっている。

「まあ、そうなるだろうね」

　と、わたしも苦笑した。

　でも、まさか、まひろとわたしがここで思い描いた「濃い」よりも「何十倍も濃い」時間になってしまうとは――、このときのわたしたちは一ミリも予想できずにいたのだった。


「というわけで、まひろちゃんが我が社の正社員になってくれたことを祝しまして、さらに、これからも職場で大活躍してくれることを祈念いたしまして――、乾杯！」

　金光社長による乾杯の挨拶を皮切りに、まひろの就職祝いの宴がはじまった。

　八席あるL字型のカウンターのうち、すでに六席が予定の参加者で埋まっている。奥から、伊助さん、金光社長、鮎美さん、龍馬さん、まひろ、拓人さんの順に並んでいた。この後、仕事の都合で少し遅れてクマさんが参加することになっている。

「今日は俺のおごりだから、盛大にやってくれ」

そう言って金光社長が、ガハハ、と笑うと、隣に座っているキャバ嬢の鮎美さんが「いやぁん、社長、格好良すぎ。素敵♪」と艶っぽい声を上げて社長の腕に抱きついてみせた。

「ガハハ、鮎美ちゃんは、本当にいつも可愛いなぁ」

社長が鼻の下を伸ばしていると、龍馬さんが、やれやれ、といった顔で言った。

「鮎美さんが『素敵』って言ってるのは、カネミツ社長じゃなくて、カネのことですからね」

龍馬さんは、そう言いながら右手の人差し指と親指でマルをつくってみせた。そして、それを見た伊助さんと拓人さんが、うんうん、と笑いながら頷く。

「こら龍馬。お前は、俺に嫉妬する前に、まずは自分でバリバリ稼いでだな、鮎美ちゃんの店でシャンパンの一本や二本くらい開けられるようになってみろ」

そう言って社長がガハハと盛大に笑うと、伊助さんと拓人さんが、ふたたび、うんうん、と頷いてみせた。

「俺は、べつに、嫉妬なんてしてねーし」

「いや、少しはしてんだろ」

龍馬さんと同い年の拓人さんが、いつものように冷静に突っ込んだ。

「うふふ。龍馬くん、嫉妬してるの？」

幼馴染のさやかさんが、ふわ～っとした声で訊いたら、龍馬さんはいきなり真顔になった。

「は、はあ？　俺が、嫉妬？　だから、さっきから、するわけねえって言ってんだろ」

龍馬さんは、誰が見ても単純で分かりやすい人だ。

なにしろ、さやかさんに話しかけられるやいなや目を泳がせているし、日焼けした顔を赤面させて頬が赤黒くなっている。そして、あたふたしながら手首に付けていた黒い髪留めのゴムを抜き取ると、ストレートのロン毛を後頭部でひとつに結んだ。そうすると、いっそう名前の通り、坂本(さかもと)龍馬っぽくなる。

「どうせ龍馬くんは、お金持ちになったとしても、うちの店には来てくれないよねぇ」

鮎美さんが色っぽい仕草と声色でからかうように言うと、龍馬さんは、ちらりとさやかさんの顔を窺ってから、「俺、そういうの興味ないんで」と低い声を出した。

「いや、さすがに少しは興味あんだろ」

そう突っ込むのは、もちろん拓人さんだ。

このやりとりを黙って眺めていたまひろが、カウンターのなかのわたしを視線で呼び止めた。そして、周囲に悟られないよう手元で小さく龍馬さんとさやかさんを交互に指差した。

え？　もしかして龍馬さんって、さやかさんのこと――？

という意味だ。

わたしも、周囲に気づかれないよう、こっそり頷いて応えた。

まひろの目がパッと丸く見開かれた。

好奇心で瞳がぴかぴか光っている。

秘密を知った喜びがストレートに顔に出ているのが、いかにも素直なまひろらしい。

もちろん常連さんたちは龍馬さんの心の内など、とっくに気づいているのだけれど、当のさやかさんだけは、なぜか、まったくもって気づいていないようで、しかも、龍馬さんは、自分の想いを誰にも気づかれていないと信じていて――。

この天然すぎる二人のやりとりは、わたしが見ていてもじれったいし、時にハラハラもさせられる。

いったい、さやかさんは、いつになったら龍馬さんの気持ちに気づくのか？

いや、そもそも、さやかさんに「その気」はあるのか？

これはもはや身近でリアルな「恋愛系エンタメ」そのもので、密(ひそ)かに常連さんたちは、この二人の言動をつまみに一杯、なんてことも愉しんでいるのだった。

そんな感じで、しばらくのあいだ皆でわいわいやっていると、ふいに、暖簾の方から、少し嗄(しゃが)れた男性の声が聞こえてきた。

「飛び込みで二名なんだけど、いいかな？」

男性の年齢は六〇前後だろうか。白いハーフパンツに紺色のポロシャツ。少し白髪のまじった薄毛を整髪料でオールバックに撫で付け、首には金色のチェーン。手首にも金色の腕時計。手首から先だけ白いゴルフ焼け。まあ、ひとことで言い表すなら「ちょっぴり下品な成金オヤジ」と言ったところか。

わたしは、さやかさんを見た。

さやかさんは、微笑みながら軽く頷いた。

わたしは成金オヤジに向かって「どうぞ」と明るい声を出した。「カウンターは少し混み合ってますんで、よろしければ、そちらのテーブル席へどうぞ」

すると成金オヤジは、品定めでもするみたいに店内をぐるりと見回しながら客席へと入ってきた。そのすぐ後ろに付いてきたのは、小柄で、やたらと派手な感じの若い女性だった。いわゆる「ギャル」というには年齢が行きすぎているから、まあ、ひとことで表すなら、年増(としま)ギャル、といったところだろう。

成金オヤジと年増ギャル。うん、この二人は、なかなかお似合いだよね。でも、香水の匂いがキツいなぁ――。

わたしがそんなことを考えていると、いきなり成金オヤジが少し威圧感のある声を出した。

「カウンター、空いてるなら座りたいんだけどな」

「え――」

わたしは、常連さんたちの顔を見渡した。そして、続けた。

「申し訳ありません。じつは、この後、もう一名様がカウンターにいらっしゃいますんで」

もうすぐクマさんが来るのだ。

「ってことは、カウンターの残りは、あとひと席ってことか」

成金オヤジは、席数を数えてそう言った。

「はい。申し訳ありませんが……」

「でもなぁ、俺もわざわざ遠くから来たんだし、せっかくだから職人さんの仕事を見ながら食べたいわけよ」

「はあ……」

困ったわたしは、ふたたび、さやかさんを見た。

すると、さやかさんは手にしていた包丁をいったん置いて、いつものふわっとした笑みを浮かべて言った。

「お客さま、一応、ひとつだけカウンターに補助席は出せるんですけど」

すると、かぶせるように龍馬さんが口を開いた。

「じゃ、みんなで少しズレましょうよ。俺たちは、少しくらい狭くても――ねえ？」

最後の、ねえ？　は、周囲の常連さんたちを見ながら発せられた。すると、思ったとおり常連さんたちは、嫌な顔ひとつせず頷いてくれた。

「ありがとうございます」さやかさんは常連さんたちに微笑みかけると、そのまま視線を成金オヤジに向けた。「少し狭くなってしまいますけど、すみません」

「いや、べつに狭いのはいいけどさ、あんた、補助席があるなら最初から出さないと」

成金オヤジの放った返事が、それまで和気藹々としていた店内の空気をひんやりとさせた。

と、そのとき――、カウンターからやたらと陽気な声が上がったのだ。

「ああ、その気持ち、わかるよ。寿司屋はやっぱりカウンターだよな。よし、俺たちはさっさと席をズレて、奥の上座をお二人に空けようじゃねえの」

言いながら立ち上がったのは金光社長だった。

そして、その言葉を合図に、伊助さんや常連さんたちは、自分の前に出されたグラスやら料理やらをずらして、L字の奥の二席を空けてあげたのだった。

わたしは厨房に置いてある予備の椅子を客席に運び、それを玄関の暖簾にいちばん近いカウンターの隅っこに置いた。

「なんか悪いねえ。皆さんは、ここの常連さん？」

いつも伊助さんが座っている席に腰を下ろした成金オヤジは、急に上機嫌な声を出した。

「まあ、そんな感じっすね」

拓人さんがさらりと答えた。拓人さんは、この町の海沿いに立派な別荘を持っている本物のリッチな青年だ。成金オヤジと違って知的で、イケメンで、お洒落で、ひけらかすところもなく、そして、わたし好みの黒縁メガネ男子。これでひ弱そうな体型じゃなかったら、絶対に好きになってしまうタイプだ。

「へえ、こんな田舎でも、ちゃんと常連が付くんだなぁ。なかなか、たいしたもんだ」

成金オヤジの言葉に、ふたたび店内の空気が冷たくなった。

これは、ちょっと、マズい感じになってきた――。

思わず、わたしは、みんなの顔を見た。

いつもどおり平然としているのは伊助さんとさやかさんくらいで、残りは全員、その表情から笑みを消していた。

「いやぁ、しかし、噂を聞いて来てみたんだけど、本当に女の子が握るみたいだね、この店は」

空気を読めないのか、あるいは、わざとなのか、成金オヤジの挑発的ともとれる言葉が止まらない。

「はい。わたしが握らせて頂いています。でも、じつは、もう、女の『子』っていう年齢じゃないんですけどね。うふふ」

包丁を手にしていたさやかさんが自虐ネタを言って、成金オヤジに微笑んでみせた。

と、そのとき、暖簾の方から聞き慣れた太い声が飛んできた。

「どうも、遅くなっちゃって、すんませーん。もう盛り上がっちゃってるかな?」

場違いな声とともに入ってきたのは大熊浩之(おおくまひろゆき)さんこと、クマさんだった。

しかし、店内の誰からも返事をもらえなかったクマさんは、一瞬、ぽかんとしてカウンターを見渡した。わたしは慌ててクマさんのところに駆け寄って、小声で「いらっしゃい」と言った。

ようやく空気の異様さに気づいたクマさんも、わたしにだけ聞こえる声を出した。

「え、なに、これ。どうしたの?」

「ちょっと、いろいろありまして。でも、大丈夫です」

「大丈夫？　ふつうにしてても？」

「はい、多分――」と、ここまで小声で言ったわたしは、声のヴォリュームを戻した。「あ、クマさん、もしかして、差し入れですか？」

そう言ってわたしは、クマさんが肩にかけている白いクーラーボックスを指差した。

「え？　あ、うん」やや狼狽しながら頷いたクマさんは、わたしの話に乗ってくれた。「いや、さっき、夕まずめに照りゴチを狙ってたらヒラメが釣れちゃったんだよね。ソゲよりはちょいと大きめだったから、もしよかったら、さやかちゃんに差し入れしようかなぁと思って」

クマさんが言った「照りゴチ」というのは、太陽が照る真夏に獲れた旬のマゴチのことで、「ソゲ」は、だいたい四〇センチに満たない小さなヒラメのことだ。

「わあ、クマさん、嬉しいです。いつもありがとうございます。未來ちゃん、ヒラメ、受け取ってもらっていい？」

さやかさんが言うので、わたしは、

「はい」

と明るめに答えて、クマさんのクーラーボックスから、透明なビニール袋に入ったヒラメを取り上げた。そして、それをさやかさんの方に掲げて見せた。

すると、クーラーボックスの蓋を閉めながらクマさんが言った。

「あ、でも、ヒラメの旬は冬だよね？　さやかちゃん、大丈夫かな？」

「はい。ヒラメは夏のちょうど今頃が産卵の季節なので、大物は痩せちゃうんです。でも、それくらいのサイズなら、夏でも充分に美味しく頂けるんですよ」

「そっか。じゃあ、よかった」

ホッとしたように言って、クマさんはいちばん手前の補助席に腰を下ろした。そして、カウンターの奥の方に座っている見慣れない二人に向かって軽く会釈をしてみせた。

年増ギャルの方は、わりと愛想よくクマさんに会釈を返したものの、成金オヤジは完全に無視して、さやかさんの方を見ていた。そして、注文を口にした。

「とりあえず生ビール二つ。それと、まずは適当につまみっぽいのを出してくれ。ビールの後は冷酒を飲むから」

「はい。すぐお出ししますんで、少々お待ち下さいね。未來ちゃん」

さやかさんに呼ばれた。やるべきことはわかっている。わたしは「はい」と返事をしてすぐに厨房に入ると、二つのグラスに生ビールを注いだ。そして、カウンターの奥へと運んだ。二人に近寄ると、やっぱり香水の匂いが鼻についた。どうやら、それぞれ別の香水を盛大にふりかけているようだ。この二人の近くに座っている伊助さんと金光社長は、きっと閉口しているんだろうな……と、可哀想に思っていたら、さっそく、さやかさんが二人に小皿を出した。常連さんたちにも出した突き出しだ。

「お待たせ致しました。こちらは左から――」

「見りゃ分かるから、いちいち言わなくていい」

三種の魚介を説明しようとしたさやかさんに、成金オヤジは言葉をかぶせた。

「あ、はい。すみません……」

さすがのさやかさんも面食らったように微苦笑していた。

すると成金オヤジは、連れの年増ギャルに説明をしはじめた。

「いいか。これがアジで、これがアオリイカ。で、これが……、ん、なんだこれ？　カレイか？」

成金オヤジは、自分で説明を撥ねつけたくせに、結局はさやかさんに訊いてきた。

「あ、そちらはアイナメの焼き霜造り（しもつくり）です。いわゆる『ビール瓶サイズ』で、脂がのってて美味しいですよ」

　さやかさんは、とても丁寧に答えたけれど、実際のところ、成金オヤジが正解したのはアジだけで、アオリイカも間違えていた。

「なんだ、アイナメかよ。こういう根魚ってのは北の方じゃないと美味くないんだよな」

　成金オヤジが「フン」と鼻を鳴らした刹那――、ついに、張り詰めていた店内の空気が弾けてしまったのだった。

「どうでもいいけど」怒りを押し殺すように硬い声を出したのは、龍馬さんだった。「そのイカ、アオリイカじゃなくてソデイカっすよ」

「ソデイカ？　なんだそれ。イカの地方名か？」

　そう言って成金オヤジは龍馬さんをギロリと睨んだ。

「ぜんぜん違いますよ。ソデイカってのはね――」

　正面から睨み返した龍馬さんがソデイカについて説明しようとしたとき、さやかさんの声がやんわりとかぶさった。

「あのぉ、せっかくなので、わたしがご説明しますね」

「え……」

　龍馬さんは、さやかさんを見た。そして、ため息をつきながら腕を組んだ。さやかさんが、任せてネ、という感じで、含みのある微笑を龍馬さんに送ったのだ。

「お出ししたソデイカは、アカイカとも呼ばれるイカなんですけど――」

「なんだ、アカイカなら知ってるぞ」

成金オヤジは、いきなり話の腰を折った。でも、さやかさんは、気にせずふわふわの笑みを浮かべたまま続ける。

「さすが、よくご存知(ぞんじ)ですね」

「ふん。当然だろう、それくらい」

「いいえ、ツウの方以外は知らないと思いますよ」

「ん？　そ、そうか？」

褒められて、ちょっぴり気分が良くなったのだろう、成金オヤジは、「で？」と先を促した。

「はい。ちなみに、ですけど、アカイカって呼ばれるイカにも色々いるんです」

「アカイカは、アカイカだろう」

「それがですね、例えば、標準和名がアカイカなのに、ムラサキイカと呼ばれるイカがいたり、皆さんご存知のケンサキイカの別名がアカイカだったりもするんです」

「…………」

「で、色々な種類のアカイカのなかでも、ソデイカはモンスターなんです」

「モンスター？」

「はい。なんと、脚も合わせると、こーんなに大きいんです」

言いながら、さやかさんは両手を広げてみせた。

「そんなに、デカいのか？」

成金オヤジは、少し訝(いぶか)しげな顔をした。

「ええ。大きいものだと胴長一メートルは超えますし、重さも二〇キロ、三〇キロクラスにまで成長するんですよ」

「………」

「もしも、大きめのソデイカをイカリングにしたら、直径がバスケットボールくらいある巨大イカリングになっちゃいます」

「ふーん……、でも、そんなにデカいと大味になるだろ？」

「うふふ。ふつう、そう思われますよね」

「どう考えても不味そうだな」

「ですよね。でも、ソデイカの場合はそうでもないんです。よかったら、試しに召し上がってみて下さい」

さやかさんに促された成金オヤジと年増ギャルは、箸を動かしソデイカを口にした。

「んーっ！　ホントに美味しいっ！」

目を丸くして素直に感情を表した年増ギャル。

一方、それとは対照的に、成金オヤジは、小首を傾げ、眉間にシワを寄せた。

「まあ、たしかに、味は悪くないな。俺の見立てどおり、アオリイカに似た食感だし」

「ありがとうございます。おっしゃる通り、少し寝かせたアオリイカに似た食感になるよう『仕事』をしてるんです」

さやかさんに肯定されて、いっそう気分が良くなってきたのだろう、成金オヤジは、「ま、アオリイカには負けるけどな」などと言いながら、ふたたびソデイカを箸でつまむと、わさびをのせ、醤油にチョイとつけて口に放り込んだ。

美味しいなら、素直に美味しいって言えばいいのに――。

わたしは、こぼれそうなため息をこらえてカウンターの面々を見た。

いつもと変わらぬ飄々(ひょうひょう)とした顔をしているのは、もちろん伊助さんだ。やや呆れ顔の金光社長は、「もう飽きたぞ」と言いたそうに指でこめかみを掻(か)いていた。その顔を見ながら隣でクスッと笑っているのは鮎美さんだ。不服そうな表情を隠そうともしない龍馬さんの隣では、困り眉をしたまひろが成金オヤジとさやかさんの様子を窺いながら一人でハラハラしているようだった。一方、何があっても冷静な拓人さんは、静かにグラスのビールを飲んでは、つまみを味わっている。いちばん最後に現れて、はじっこの補助席に座ったお人好(ひとよ)しのクマさんは、鳩(はと)が豆鉄砲を食らったような顔で、ちらちらとわたしの顔を見ていた。でも、さすがに、いま、この状況を説明をするわけにもいかないので、わたしは内心でクマさんにテレパシーを送っていた。

そろそろ察して下さいな——と。

そして、さやかさんはというと、やっぱりいつものように綿飴みたいなやわらかい口調で、ソデイカの説明を続けるのだった。

「ソデイカは、そもそも旨味たっぷりのイカなんです。でも、水揚げしたばかりだと、ちょっと歯ごたえがありすぎて——。なので、うちでは少なくとも三ヶ月以上、じっくり冷凍してからお出ししているんですよ」

「はあ？　冷凍してんのかよ」

「はい。あえて、じっくり凍らせるんです」

そう言って、さやかさんは、ふわっと微笑みかけた。

ところが、ふたたび眉間にシワを寄せた成金オヤジは、「おいおいおい」と言いながら箸を置いたのだ。

「この店は、回転寿司じゃねえんだから、冷凍モノなんて出したら失礼だろう。客を馬鹿にしてんのか？」

「いえ、そんなことは……」

言葉の接ぎ穂が見つからないさやかさんは、微苦笑するしかないようだった。

「まっ、やっぱり田舎の寿司屋だな。鮮度もナニもあったもんじゃねえ」

成金オヤジは、ひとりごとのように言って肩をすくめてみせた。

「ちょっ……」失礼だし、馬鹿にしているのは、お前の方だろうが！　と言いそうになったわたしは、でも、いったん深呼吸をして怒りの熱を散らすと、さやかさんを見た。

さやかさんは、まひろみたいな困り眉で言葉を失っていたけれど、まだ口元には少しだけ笑みのかけらを残していた。

あそこまで言われても、この人は怒るのではなく、困っているらしい。

いったい、どんだけ人間が出来てるの？

っていうか、そうじゃなくて――。

わたしは胸の内側に、ひんやりとした痛みを感じた。そして、その痛みが悲しみの一種だと気づいたとき、店内にやたらと大きなため息が響いたのだった。

「はあ〜」

これ見よがしなため息をついたのは、龍馬さんだった。

それに気づいた成金オヤジが、ギロリと龍馬さんを睨む。

「あのですね」龍馬さんは威圧的な視線を正面から受け止めて言った。「そのイカは、あ・え・て、冷凍してるんですよ。あ・え・て、の意味、分かります？」

「は？　あえて、だろうが何だろうが、所詮(しょせん)は冷凍モンだって言ってんだよ」

成金オヤジの声が、さらに低く、硬くなった。

「龍馬くん、まあ、ほら――」

さやかさんは、ふわふわな声でなだめようとしたけれど、龍馬さんの口は止まらなかった。

「俺が言いたいのは、鮮度に関して手抜きをしてるわけじゃないってことっす」

「はあ？」

「この店は、ちゃんと鮮度のいい状態で仕入れて、鮮度のいいまま、あ・え・て、冷凍することで、イカの細胞膜を壊してんの。そうすると食感が良くなって、いい具合に寝かせたアオリイカみたいになるわけ。しかも、細胞膜を壊したことで、ソデイカならではの旨味も甘みも倍増するんすよ。俺の言ってること、分かります？」

龍馬さんは、そこまで一気に言うと、グラスに残っていたビールをガブリと飲み干した。

よしっ！　龍馬さん、よく言ってくれた！

さあ、成金オヤジはどう返す？

わたしは、ちょっぴりわくわくしながら成り行きを見守った。すると、意外なことに、龍馬さんの言葉に反応したのは年増ギャルの方だったのだ。

「へえ、そうなんだぁ。だからこのイカ、美味しいんだね。ねえねえ、めっちゃ勉強になるね。カウンターに座らせてもらってよかったね」

年増ギャルはニコニコしながら成金オヤジを見上げた。

なんか、素直で、悪気がなさそうで……、この人、じつは、いい人なのかも――。

この瞬間、わたしは、心のなかのニックネームから「年増」を外してあげることにした。ただの「ギャル」へと昇格だ。

でも、成金オヤジは、なかなかにしぶとかった。

「勉強になる？　いやいや、ありゃ、単に、安い冷凍モンを高値で食わせるための方便だな」

と、首をすくめてみせたのだ。

「え〜、そうかなぁ。でも――」

ギャルが少し不満そうに言うと、

「ま、いわゆる、素人(しろうと)の若造の知ったかぶりってヤツだ」

成金オヤジは、ギャルの言葉にかぶせた。

と、次の瞬間――、龍馬さん以外の常連さんたちが一斉にうつむいた。

皆そろって、笑いをこらえているのだ。

なにしろ「目利き」と評判の仲卸の三代目にして、仕事にだけはプライドを抱いている龍馬さんが、「素人の若造」呼ばわりされたのだから、これは、もう、常連さんたちにとっては、最高の笑いネタに違いない。

「え……？　し、素人って、俺のことかよ」

不意をつかれたような顔で言った龍馬さんは、組んでいた腕をほどいた。そして、その両手をカウンターに置き、前のめりになった。

臨戦(りんせん)態勢だ。

よし、龍馬さん、やっちゃって下さい！

と言いたいところだけど……、しかし、わたしは常々さやかさんにこう言われているのだ。「うちはね、お客さんの心を夕凪みたいに穏やかにする『心の安全地帯』でありたいの」と。

なので、残念ですが龍馬さん、喧嘩(けんか)はさせません――。

わたしは首を横に振りながら、先に龍馬さんに声をかけた。

「まったくもう、龍馬さんったら、あちらのお客さんのおっしゃる通りですよ」

「え？」

ぽかん、とした顔でこちらを見た龍馬さん。

「素人の知ったかぶりは、いちばん格好悪いです。だから、もう、龍馬さんは余計なこと言わない方がいいと思います」

「はぁ？」龍馬さんの目が、みるみる丸くなっていく。「え？　ちょっ——、み、未來ちゃん？」どういうこと？　という顔だ。

龍馬さんは、よほど狼狽したのだろう、声が裏返っていた。そして、その様子を見た常連さんたちは、さらにうつむいた。

さすがのさやかさんも「ふっ」と小さく吹き出していた。

「もう素人さんはおとなしくして、お寿司のことは、ちゃんとプロに説明してもらいましょ」

言いながらわたしは成金オヤジには見えないように軽くウインクしてみせた。すると龍馬さんは、ようやくこちらの意図に気づいてくれたようで、ちらりとさやかさんを見てから、深い、深い、ため息をついた。そして、がっくりと肩を落としながら頷いてくれたのだった。

「分かったよ。素人の俺は、黙ってりゃいいんだろ」

すると笑いをこらえた拓人さんが、そっと龍馬さんの肩に手を置いた。

「それがいい。キミは阿呆なド素人なんだから、お口にチャックをしておこうナ」

「た、拓人——お前な……」

龍馬さんが、拓人さんを睨む。

いまにも吹き出しそうな拓人さんは、うんうん、とわざとらしく頷きながら「沈黙は金だぞ」と、龍馬さんの肩を何度も叩くのだった。

　そんなコントみたいな二人のやりとりを見ていた成金オヤジは、呆れたように「フン」と嘲笑した。そして、隣に座るギャルに言った。

「デカすぎるイカを使うのも、冷凍すんのも、いわゆる『邪道』ってヤツだからな。今度、銀座にある本物の店に連れてってやるよ」

「えー、これ、めっちゃ美味しいのに、邪道——なの？」

　ギャルの素朴な質問に、そっと答えたのは、さやかさんだった。

「ごめんなさい。たしかに邪道かも、です」

　この台詞には、カウンターの面々も顔を上げた。

「ほらな」

　俺の言ったとおりだろ？

　成金オヤジは、まさに勝ち誇ったような顔だ。

「でも、邪道もけっこう美味しいんですよ。ちょっと待ってて下さいね」

　そう言ってさやかさんは、いったん厨房に消えた——と思ったら、すぐに小さな密閉容器を手にして戻ってきた。

　それを見て、わたしはピンときた。今日のまかないで食べたアレを出すのだと。

　さやかさんは、あらためてソデイカのさくを切りつけた。そして、見惚れるような仕草でシャリを握り、そのシャリの上に密閉容器のなかのトロリとしたオレンジ色の液体をスプーンですくって塗りつけた。さらにその上に大葉と切りつけたソデイカをのせ、キュッと握る。

ソデイカの握り、二貫の出来上がりだ。

「お待たせしました。これは、ソデイカの邪道握りです」

さやかさんは「うふふ」と笑いながら、握りを二人の前に差し出した。

「邪道握り？」

訝しげな成金オヤジに、さやかさんは頷いてみせる。

「はい。もちろんサービスですので」

「えー、嬉しい。ありがとう！」

素直に喜んだギャルは、さっそくソデイカの邪道握りを口に放り込んだ。

カウンターの面々は、皆、ギャルの反応をじっと見ている。

咀嚼（そしゃく）を、一回、二回、三回、四回——、そして、次の刹那、口中に寿司が入った状態のまま、ギャルが「んー！」と甲高い声を上げた。

「ヤッバ〜い。なにこれ、美味しすぎるんですけど！」

「うふふ。気に入ってもらえて嬉しいです」

と、さやかさんが目を細めた。

「ねえ、ウメちゃんも早く食べてみてよ、これ、マジでヤバいから！」

ウメちゃん……。

この尊大な成金オヤジが、ウメちゃん？

常連さんたちはそろって目を泳がせたけれど、誰も顔にも口にも出さなかったのは偉い。さすが大人だ。

「ほら、ほら、早く食べてぇ」

「うるせえな。分かったよ。食うって」

さも面倒臭そうに成金ウメちゃんは握りを口にした。

すると、予想通り、ギャルと同じく四回目の咀嚼でパッと目を見開いたのだが——、しかし、すぐに咲きかけた笑みを押さえ込んでしまうのだった。

「あんた、この味付けは？」

成金ウメちゃんは、低く抑えた声でさやかさんに訊ねた。

「これは、少しお酒を混ぜてゆるくした味噌に卵黄を二日ほど漬けたものです」

「卵黄の味噌漬けか」

「はい。あ、でも、最後に、ちょっぴりウニを混ぜ込んでますけど」

「ウニを……」

「隠し味的に、ですけど。ちなみに、これ、納豆の軍艦巻きをつくるときに、納豆の下に敷いても美味しいんですよ」

「えーっ、それも、めっちゃ美味しそう！」

ギャルが椅子の上で、お尻で跳ねるような仕草をしはじめた。でも、成金ウメちゃんは、それをたしなめる。

「馬鹿、やめとけ。本当に美味い寿司ってのは、新鮮なネタの味だけで勝負するもんだ。わざわざ邪道の味を覚える必要はねえ」

またしても失礼なことを言った成金ウメちゃんは、「でも、まあ」と、さやかさんに向き直った。

「これは、これで、なかなか面白かったよ」

面白かった——。

あくまでも「美味しい」と言わない成金ウメちゃんに、さやかさんは「ありがとうございます」と微笑みかけた。

ったく、仏様かい、この人は——。

正直、わたしは少しイラっとしたけれど、周囲に気づかれないよう、そっと深呼吸をして、ストレスの嫌な熱を内側から吐き出した。

「んじゃ、まあ、辛口の冷酒と、それに合うモンを適当に出してくれや」

成金ウメちゃんは、横柄な口調でそう言った。

「はい」

さやかさんは、ひたすら上機嫌を貫きながらわたしを見た。

分かってますよ。わたしはすぐに辛口の冷酒と二つのお猪口を準備して成金ウメちゃんたちに出してやった。

それから、しばらくのあいだ、成金ウメちゃんは比較的おとなしくしていた。ソデイカの邪道握りが美味しすぎたのだろう、出されたモノに文句をつけたり講釈を垂れたりもせず、ただギャルに下品なちょっかいを出しつつ飲み食いをしていた。

常連さんたちもまた、本来の目的が「まひろの就職祝い」だったことを思い出して和気藹々としはじめた。

ところが——、

ようやく平穏な店内に戻ったなぁ、とわたしがホッとしかけたときに、この夜、いちばん腐った台詞が耳に飛び込んできたのだ。

「まあ、アレだよ、そもそも女が寿司職人になるってところからして邪道なんだよ」

成金ウメちゃんは、さほど大きな声で言ったわけではなかった。となりのギャルに向かって言ったのだ。それでも、この腐った台詞は常連さんたちを凍りつかせるのには充分なインパクトがあった。

「えー、なんでぇ？　女の人が職人さんでもいいじゃーん。めっちゃ美味しいんだからぁ」

ギャルの素朴な返答が、しんとした店内に響いた。

誰もが言葉を失くしているなか、さやかさんは何事も無かったかのように淡々と包丁を動かしていた。

さすがにこの静寂が気になったのか、成金ウメちゃんは、少し声のトーンを落としてギャルに言った。

「あのな、そもそも女ってのは基本的に体温が高いわけよ。だから刺身も握りもぬるくなって駄目なんだ。しかも、化粧の粉が落ちて不衛生だって昔から言われててな――」

成金ウメちゃんは、さらに続けて、女はすぐに髪を触るから汚いとか、生理がどうとか、男の方が器用だから包丁さばきが上手いとか、とにかく時代錯誤も甚(はなは)だしい情報を女性であるギャルに向かってこんこんとしゃべり続けたのだ。

たしかに、わたしが以前、さやかさんに借りて読んだ「寿司の歴史」が書かれた本にも、そういう女性差別にまつわる記述はあった。でも、その本には、こうも書かれていたのだ。「このような女性の寿司職人を下に見るような言説は、そのすべてが科学的に否定されているし、そもそも江戸時代の屋台の寿司屋では、女性が寿司を握るのはごく普通のことだった」と。

つまり、成金ウメちゃんは、どこかで聞きかじっただけのデタラメを口にしているのだろう。

「ちょっとウメちゃん、わたしだって女なんですけどぉ」

と、ふくれっ面をしたギャルに便乗して、女のわたしもひとこと言ってやろうかと思ったとき――、包丁を握ったまま、さやかさんの手が止まっていることに気づいた。その横顔には、しかし、いつもと変わらぬ微笑が張り付いている。

「えっと……さやかさん？」

わたしは、近づいていき、そっと声をかけた。

「ん？」と振り向いたさやかさんは、わたしに心配をかけまいとしたのか、少し笑みを広げて「ちょっと厨房に行くね」と明るめの声で言って、そのまま踵を返してしまった。

厨房へと続く暖簾をくぐるとき、さやかさんの背中が、なんとなく頼りなげに見えた気がした。

わたしは、その背中を追って厨房に入った。

さやかさんは業務用の冷蔵庫の扉に背中をあずけ、目を閉じ、ゆっくりと深呼吸をしていた。その姿を見たとき、わたしは、ふと、さやかさんが修業時代に受けたという理不尽な女性差別の数々を思い出してしまった。

「大丈夫ですか？」

客席には聞こえないトーンで声をかけた。

「え、なにが？」

慌てて目を開けたさやかさんは、とぼけた顔で、とぼけた返事をした。この人は、こういう人なのだ、いつだって。

「なにがって……」

わたしは、その先の言葉を探した。でも、とぼける人にかける言葉を見つけるのは難しい。

「あの成金オヤジ、さすがにひどすぎます」

とりあえず、素直にそう言ってみた。

するとさやかさんは「うふふ」と小さく笑った。でも、その笑みは、どこか儚げで、そっと背中を撫でたら泣き笑いに変わってしまいそうにも思えた。

「さやか……さん？」

わたしは、一歩だけ、さやかさんに近づいた。

すると、さやかさんの唇が動いた。

「あのね――」

「はい」

「子供の頃、たまに、だけど、お母さんがお寿司を握ってくれることがあって」

「……………」

「それが、本当に美味しかったんだよね」

そう言ってさやかさんは、少し遠い目をした。

わたしはあまり詳しくは知らないけれど、さやかさんのご両親は、さやかさんが十四歳のときに、釣り船の事故で亡くなったと聞いている。

「えっ、じゃあ、ご両親とも、お寿司を握れたんですか？」

「お母さんは、お店では握らなかったんだけど、でも、やり方は、お父さんの見様見真似で覚えてたみたい。だから、たまにお父さんが病気で寝込んで、お店を閉めてるときなんかにね、こっそりわたしに握ってくれたの。その日に使うはずだった食材が無駄にならないように、一緒に食べちゃおうって」

「なんか、素敵な思い出ですね」

言いながらわたしは思った。

わたしにも、そういう思い出のひとつやふたつ、あってもいいのになぁ——と。

「未來ちゃん、ごめんね」

「え?」

「急に厨房に引っ込んで、心配かけちゃったよね」

「えっと……」

「なんか、ふと思い出しちゃってさ。お母さんが握ってくれたお寿司が、わたしの原点だったんだよなぁって」

「………」

「ただ、それだけなんだけどね」

それだけじゃないってこと、わたしは知ってますよ。

女だから——
女のくせに——
女じゃ——
女にしては——

修業時代も、このお店のつけ場(=カウンターのなかの寿司を握る場所)に立ってからも、たびたびぶつけられてきた幾多の心無い言葉たちが、さやかさんの心をえぐってきたことを。そして、それを実力で撥(は)ね返そうと続けてきた日々の努力も、わたしは、ちゃんと——。

「ねえ、さやかさん」

「ん？」

「わたし、いま、めっちゃムカついてます」

「えっ、わたしのこと？」

言って、さやかさんが困り顔をした。

「は？　まさか。違いますよ。成金ウメちゃんのことです」

「ああ……、よかった。びっくりしたぁ」

「だから、やっちゃいましょう」

「やっちゃう？」

「はい。あの、知ったかぶりで偉そうな成金ウメちゃんを、味でギャフンと言わせるんです。ねっ！」

わたしは右手でガッツポーズを作ってみせた。

しかし、さやかさんは、例によって、おっとりとした感じで苦笑したのだった。

「えっと――、あの、未來ちゃん？」

「はい」

「なんて言うか、わたし、久しぶりに聞いたかも」

「え、何を、です？」

「ギャフン――っていう言葉」

「………」

「ギャフンって、なかなかの死語だよね？」

自分で言って、さやかさんはクスッと笑った。

「だーかーらー、そんなことはどうでもよくて」

言いながら、わたしも釣られて笑ってしまった。

そして、笑いながら思った。さやかさんは大丈夫だと。わたしが心配するほど凹(へこ)んでもいないし、凹んでも撥ね返す芯の強さを持っているはずだ。なにしろこの人は、わたしが人生ではじめて認めた「わたしの大将」なのだから。

「とにかく、あいつにギャフンと言わせましょうよ」

笑った顔のままわたしが言うと、さやかさんは「うふふ。じゃあ、ちょっと頑張ってみるね」と微笑んでくれた。

「はい。手加減ナシで、やっちゃって下さい」

わたしは、さやかさんに向かって右手を掲げてみせた。

その手に、さやかさんの右手がパチンと音を立てて合わさった。

逆襲のハイタッチだ。

それから、わたしたちは厨房を出て、それぞれの持ち場に戻った。

すると、さっそく成金ウメちゃんが、ギャルに講釈を垂れていた。

「いいか、魚の鮮度ってのは、刺身の角が鋭くピンと立ってるかどうかで判断できるわけよ」

「ふうん、そうなんだぁ」

「俺が行きつけにしてる銀座の名店『寿司　波幸(なみこう)』って店なんて、刺身の角に触れたら指が切れそうなくらい新鮮なのが出てくるからな」

寿司　波幸——。

その名前が出たとき、カウンターの常連さんたちは、一瞬、ハッとしたあと、それぞれが顔を見合わせて苦笑した。さすがの伊助さんもさやかさんも、思わず成金ウメちゃんの方を見てしまったくらいだ。

　すると、常連さんたちに反応があったことで自尊心をくすぐられたのか、成金ウメちゃんは、ギャルに向かって話しているにもかかわらず、カウンターに座る全員に聞こえる声量で、どれほど自分が「寿司　波幸」をよく知る常連であるかを得意げにしゃべり続けたのだった。

　と、そのとき、それまで大人しくしていたトレーダーの拓人さんが「ふう」と嘆息して、手にしていたビールのグラスをそっと置いた。そして、正面にいるさやかさんを呼んだ。

「さやかさん、ちょっと頼みがあるんだけど」

「頼み、ですか？」

　さやかさんは、意外そうな顔で拓人さんを見た。

「うん。せっかくだから、さっきクマさんが釣ってきてくれた超新鮮なヒラメを握りにして、全員にご馳走(ちそう)したいなって」

　拓人さんは「超新鮮」という単語を、ことさら強調して言った。すると、さっそく成金ウメちゃんが口を挟んできた。

「おっ、そこのお兄さんは、となりの素人クンとは違って、寿司を分かってるねぇ」

「いやぁ、そんなことないです。実際、ぼくは、こいつと比べたら素人なんで」

　拓人さんは、にっこりしながら龍馬さんの肩をふたたびぽんぽんと叩いた。叩かれた龍馬さんは、「うっせえ」と小声で言いながら、拓人さんの手を払いのける。それを見て、常連さんたちはクスッと笑う。

　成金ウメちゃんは、龍馬さんのことは完全に無視して拓人さんに話し続けた。

「いや、あんたは見どころがあるよ。しっかり鮮度にこだわって、魚本来の味を愉しむっていうのを若いうちからやっておくのはいいことだからな」

「ありがとうございます。なんか、めちゃくちゃ褒められちゃったなぁ。よし、こうなったら、さやかさん、もうひとつ追加で注文しちゃおうかな」

「え？　あ、はい――」

「よく『おまかせ』の握りに入ってくる、さやかさんが『仕事』をしたヒラメも一貫ずつ皆さんに出してもらえますか？」

「えっと、つまり、クマさんが釣ってきてくれたヒラメと、いつものヒラメ、それぞれ一貫ずつを皆さんに握れば……」

「そういうこと。ぜんぶ、ぼくのおごりでいいから」

「いよっ！　さすが拓人くん、イケメンで、お金持ちで、スリムだけど太っ腹！」

鮎美さんがべたべたに褒めたけれど、正直、わたしも一緒になって褒めちぎりたかった。

ようするに、拓人さんは、釣ったばかりの鮮度のいいヒラメと、さやかさんが寝かせて昆布〆したヒラメの食べ比べをさせようという魂胆なのだ。奴をギャフンと言わせるには、この上ないほどいい流れを作り出してくれたことになる。

ところが、敵もなかなかのもので、ちょっと面倒なことを言い出したのだ。

「ほう。それは、おもしれえな。この女大将が『仕事』をしたヒラメと、釣りたて新鮮なヒラメの食べ比べってことか」

「そうです。両方を食べた方が寿司の勉強になりますよね？」

拓人さんが、誠実そうな目をして言った。

「たしかに、そうだな。ただ、同じヒラメで比べないと、この女大将の『仕事』のレベルが分かんねえからなぁ。よし、この際だから、お姉ちゃんが『仕事』をする方の握りのネタにも、さっきあの人が釣ってきたヒラメを使ってくれよ」

成金ウメちゃんは、そう言って不躾にクマさんを指差した。

すると、久しぶりに龍馬さんが口を挟んだ。

「それだと、この店でいつも出してるヒラメじゃなくなっちゃうし、鮮度云々じゃなくなっちゃうけど、いいんすか?」

龍馬さんは、きっちり寝かせたヒラメで、さやかさんに勝負させてあげたいのだろう。しかし、成金ウメちゃんは「素人」の言葉をあっさり無視して、さやかさんに挑戦的な言葉をぶつけたのだ。

「なあ、女大将さん。どうするよ? 同じヒラメじゃ、あんたの『仕事』は表現できねえか?」

この失礼極まりない言葉にも、まったく表情を変えず、「うーん……」と思案したさやかさんは、

「本当は、冷蔵庫で寝かせた方が美味しいと思うんですけど——、でも、また『邪道』で遊んじゃいましょうか」とギャルに向かって微笑みかけた。

「わーい。ぜひぜひぃ!」

無邪気なのに邪道が好きらしいギャルは、予想どおり手放しで喜んだ。

「じゃあ、まずは、さっきのヒラメを下ろしちゃいますね」

その言葉を聞いたわたしは、すかさず厨房の冷蔵庫からヒラメを取り出し、つけ場に持ってくると、小声で「ギャフン、ですよ」と言いながらさやかさんに手渡した。

「うふふ。未來ちゃん、ありがと」

いつものふわふわな表情で微笑んださやかさんは、さっそくやや小ぶりのヒラメを流麗な包丁さばきで五枚に下ろし、きれいなさくをつくった。そして、それを切りつけてシャリにのせ、きゅきゅっ

と握れば――、獲れたてのヒラメの握りの完成だ。

で、ここからがさやかさんの「仕事」の見せ場だ。

さやかさんは、新たに切りつけたヒラメの表面に、包丁で細かく網目状の切れ込みを入れていった。それが終わると、冷蔵庫から十センチ四方くらいの密閉容器を取り出し、なかに入っていた半透明でトロリとしたジェル状の液体をスプーンですくい上げ、ヒラメの表面にたっぷりと塗りつけた。

それを見たとき、わたしは胸裏で思わず驚嘆の声を上げてしまった。

すごい。やっぱり天才だ、この人――。

さらに、さやかさんは、ジェルを塗りつけたヒラメの表面をバーナーで軽く炙った。熱でジェルが溶け、香ばしい匂いが店内に広がっていく。そして、わずかに焦げ目のついたネタをシャリにのせてきゅきゅきゅっと握る。

正直、その時点で、すでに、わたしの口のなかには唾が溜まっていたのだけれど、さやかさんの手はさらに動き続けた。

ここ数年、観光地として有名になりはじめた絶海の孤島「小鬼ヶ島」から取り寄せた希少な藻塩に、何やら薄茶色のパウダーを混ぜて、それを握りのネタの上にパラパラと振りかけて味をつけたのだ。

仕上げに、紅葉おろしをひとつまみ、ちょこんとのせて――、新鮮ヒラメの邪道握りが完成した。

さやかさんは、二種類の握りをそれぞれ小さめの皿に盛り付けて、カウンターに並んだ面々の前へと出していった。

「うわぁ、美味しそう。香ばしい匂いも最高」

開口一番に発せられたギャルの言葉は、そこにいた全員の心の声を代弁していたはずだ。

「じゃあ、まずは、新鮮なヒラメ本来の味を楽しめる、ノーマルな握りから頂きましょうか」

拓人さんの言葉に従って、成金ウメちゃんを含む全員がノーマルな握りを頬張った。

「まあ、旬じゃねえけど、これぞヒラメらしい上品な味わいだな」

成金ウメちゃんが訳知り顔で言ったけれど、となりのギャルは「うーん」と眉間にシワを寄せた。

「なんか、これ、ちょっと固くない？」

すかさず拓人さんがギャルに問いかけた。

「味の方は、どうです？」

「よく分かんないけど、味が薄めで——ふつう？　ってか、ふつうに美味しいって感じ？」

言いながらギャルは小首を傾げてみせた。

すると成金ウメちゃんが、やれやれ、といった感じで言ったのだ。

「あのなぁ、この、そこはかとない上品な甘味こそが、白身魚の真骨頂なんだぞ。新鮮なヒラメの味、よく覚えとけよ」

「ふうん、そうなんだ。分かった」

ギャルは、とことん素直だ。やっぱり憎めない。

「じゃあ、次は、さやかさんが『仕事』をしたヒラメを頂きましょうか」

拓人さんの声かけで、香ばしい方の握りをそれぞれがパクリと口に放り込んでいく。

と、次の刹那——、

「んー！」と鼻から抜ける歓喜の声が上がった。「ヤッバーい！　なにこれ、めっちゃ美味しい！」

目をまん丸にしたギャルがはしゃぎはじめた。

「…………」

咀嚼しながら黙って難しい顔をしているのは、もちろん成金ウメちゃんだ。

「じゃあ、多数決を採りましょう」拓人さんが言う。「ノーマルの方が美味しかった人は？」

手を挙げた人は、一人もいなかった。

「ということは、ヒラメの握りで美味しいのは――」

と、そこまで拓人さんが言いかけたところで、成金ウメちゃんが言葉をかぶせた。

「おい、姉ちゃん」

「えっ、あ、はい？」

いきなり姉ちゃん呼ばわりされたさやかさんが、成金ウメちゃんに振り向いた。

「まあ、悪くなかったよ、ヒラメの邪道握り」

「え――」

「だから、これはこれでアリだって言ってんの」

「よかったです。ありがとうございます」

「ま、邪道は邪道だけどな」

「あはは……」

「ちなみに、ずっとあんたの手元を見てたんだけど、どんな『邪道』をしたのか聞かせてくれよ」

成金ウメちゃんは、「仕事」をわざわざ「邪道」と言ったけれど、その顔には、いくらかの悪戯っぽさを浮かべていた。きっと、奴なりの照れ隠しで、あえて冗談めかしたのだろう。

「そんなに、たいしたことはしてないんですけど――」

さやかさんもまた微妙に照れながら、いま自分が披露した「仕事」について、ふわふわな口調で解説しはじめた。

「素材がとても新鮮なヒラメですので、食感が固くて、なかなか嚙み切れないだろうなぁと思って、まずは包丁で少し深めに切れ込みを入れて食べやすくしました。あとは、寝かせていないから、旨味が足りないはずなので、サンマの内臓を覆っている脂を塗って『旨味』を足してやったんです」

「あのトロっとしたジェルみたいなのは、サンマの脂だったのか」

「はい。皆さんよく、サンマの塩焼きを内臓ごと召し上がりますよね。あれって、内臓のほろ苦さよりも、むしろ内臓を覆う肋骨の内側についている脂が美味しいんです。じつは今日、今年はじめてのサンマを仕入れて、まかないにしてみたんですけど、そのときに脂を取っておいたんです。サンマの脂ですから、加熱すると香ばしくなるので、バーナーで軽く炙りました」

「なるほど……、じゃあ、最後にかけた粉は？」

「あれは、天然の藻塩に粉末キノコを混ぜたものです。あっさりしたヒラメの味を引き立たせるにはちょうどいいかなって」

「ちょっと待て。寿司にキノコだと？」

よほど驚いたのだろう、成金ウメちゃんは声のトーンを上げた。

「はい。邪道ですから」

と、さやかさんはにっこり笑う。

「なんで、また、キノコなんか――」

「これは、わたしが以前、読んだ本に書いてあったんですけど、旨味の成分って、ざっくり三つに分けられるそうなんです。ひとつは動物性の核酸であるイノシン酸、もうひとつは動植物性のアミノ酸であるグルタミン酸、そして最後はキノコ類の核酸であるグアニル酸です。で、それらを別々に食べるより、一緒に食べた方が、よりいっそう脳が『美味しい』と感じるそうなんです」

「別々より、まとめて――」

「はい。その本によると、それぞれの旨味のレベルが『足し算』じゃなくて『掛け算』で増えるそうです。だから、色んな食材を入れた鍋料理の汁は美味しいんだって、その本には書いてありました」

「ってことは……」成金ウメちゃんは、さやかさんの「仕事」をした寿司の旨味成分を指折り数えはじめた。「まず、ヒラメが動物性だろ。で、シャリと、藻塩と、紅葉おろしが植物性か。で、そこに粉末キノコの旨味を加えて――、三種それぞれの旨味を『掛け算』にしたってことか」

うむむ、と唸る成金ウメちゃんに見上げられて、さやかさんは少しはにかむように「はい」と頷いた。

すると、そんなさやかさんを見ていた龍馬さんが、なぜか誇らしげに言い放った。

「ほんと、それだよ。食感、香り、旨味がそろった寿司ってのは、最高に美味いんだよな」

龍馬さんは、どうだ、とばかりに成金ウメちゃんを見たけれど、敵はしかし、あっさり鼻で笑ったのだった。

「フン。素人のあんたには聞いてないよ」

「あのねぇ――」

さすがに我慢ならなくなったのか、龍馬さんが立ち上がろうとすると、拓人さんがその肩に手を置いて、ぐっと力ずくで座らせた。そして、とぼけたような笑みを浮かべて言った。

「こいつ、阿呆ですし、寿司に関しては素人なんですけどね、魚に関してはプロ中のプロなんですよ」

「は？　どういうことだ？」

と眉間にシワを寄せた成金ウメちゃん。

「じつは、こいつ、ここらじゃ有名な、腕っこきの三代目仲卸なんです」

「え……？」

成金ウメちゃんは、あらためて、鼻息が荒くなっている龍馬さんを見た。

「ついでに言っておきますと——、女性の方が体温が高いとか、生理がうんぬんとか、昔から寿司職人は男の仕事だとか、あれこれおっしゃってましたけど、そういうのはすべて科学的にも歴史的にも否定されたデマなので、あんまり他人には言わない方がいいと思いますよ」

そこまで一気に言った拓人さんは、にっこりとイケメンスマイルを浮かべ、悠々とグラスのビールを飲み干した。

「おい、どうして、あんたみたいな若造が、俺の知識を否定できるんだ？」

成金ウメちゃんの声色が低くなり、怒気が含まれた気がした。でも、拓人さんは、その声をそよ風みたいに受け流してさらりと言い返す。

「ぼくは、この店に通うようになってから寿司にどハマりしまして、以来、寿司にまつわる文献を読み漁ってるんです。もう、百冊くらいは読んだかな」

「ったく、若造が——」

と言いかけた成金ウメちゃんの言葉にかぶせたのは、龍馬さんだった。

「こいつはさ、マジで素人のくせに、知識量だけは凄(すげ)えんだよな。ときどきプロ顔負けだって思うよ」

「いや、それ、お前が馬鹿なだけだろ？」

「おい、こらっ！」

と、じゃれ合う二人。

なんだかんだ言って、この二人は名コンビなのだ。

さすがにもう勝敗はついたと思うのだが、それでもしぶとく不服そうな顔をしている成金ウメちゃんに、ギャルが明るい声で助け舟を出してやった。

「ねえ、ウメちゃん、もうやめようよ」

「うるさい。お前は黙ってろ」

「なんでよ。せっかくお寿司屋さんに来たんだもん、美味しく食べればいいじゃん」

「お前が、寿司についてアレコレ言うなって言ってんだよ」

いよいよツレにまで乱暴な口をききはじめたとき、ついに伊助さんが「まあまあ」と、いつものゆるい声を出したのだった。

「そのお嬢さんの言う通りだよ。寿司なんてもんはさ、それぞれが愉しみながら適当につまんでりゃいいのよ。知識だ、作法だ、歴史だ、正道だ、邪道だなんて、つまらんことはおいといてさ、みんなで美味しく食べましょうや」

この伊助さんの言葉に店内の空気が一気に和んだなぁ、と思ったとき、しかし、成金ウメちゃんの最後の口撃が炸裂（さくれつ）したのだった。

「おいおい、寿司の愉しみ方のひとつも知らねえ田舎のじいさんが、何を偉そうに講釈タレてんだよ」

その台詞は、店内をまるで深海みたいに無音にさせた。

わたしは、常連さんたちを見渡した。

あ〜あ、ついに言っちゃった……。

それぞれの顔に、成金ウメちゃんにたいする「憐（あわ）れみの微笑」が浮かんでいる。

深海みたいな静謐（せいひつ）を破ったのは金光社長だった。

「なあ、あんたが行きつけにしてるっていう銀座の名店ってのは、どこだっけ？」

「は？　どうせ、あんたらには縁がないだろうけど、『寿司 波幸』っつー店だよ」

成金ウメちゃんはドヤ顔で答えた。

「ガハハハ。俺らには縁がないってよ」

金光社長が、伊助さんに向かって言った。

「いやぁ、参ったな、こりゃ……」

伊助さんは、困り顔でお茶をすすった。

「じいさん、何が参ったって？」

挑戦的な成金ウメちゃんの声を伊助さんはあっさりスルーして、お茶をすすり続けた。すると、伊助さんの代わりに金光社長が答えた。

「あんた、もう、その辺でやめときなって」

「はあ？」

「あんたが常連だって言ってる銀座の波幸だけどさ、その店を立ち上げて、名店と呼ばれるまでに育てて、いまの大将に寿司のイロハを仕込んでやったのは、この田舎のじいさんなんだからさ」

「………」

分かりやすいくらいに凍りついた成金ウメちゃん。

そして、このとき、たしかに、わたしの耳の奥で炸裂したのだ。

ギャフン！

という断末魔が。しかも、そこに龍馬さんが追い討ちをかけたのだ。

「ちなみに、その波幸で十年修業してさ、並み居る兄弟子たちをあっさり追い抜いて、さくっと独り立ちした『天才』って呼ばれる寿司職人がいるんだけど、それって――」

まさか……、という顔で、成金ウメちゃんがさやかさんを見上げた。

「さっきから、あんたが『姉ちゃん』だの『邪道』だの言ってる、この大将のことだからな」

龍馬さんが、さやかさんを指差してみせる。

ギャフン！

「ちょっと、龍馬くん……」

照れすぎて、さやかさんの顔がピンク色に染まった瞬間――、成金ウメちゃんの両肩からへなへなと力が抜けていくのが、わたしにはよく分かった。そして、そのがっくり落ちた肩にギャルがそっと手をかけ、勝負の判定を口にしたのだ。

「残念。ウメちゃんの負けだね」

ギャフン！

望外のギャフン三連発に心の底から満足したわたしは、胸がすく思いで「わたしの大将」を見た。

さやかさんは、眉をハの字にしたまま小さく微笑むと、ちょっと不器用なウインクをしてくれるのだった。

成金ウメちゃん騒動のあと――。
お店を閉めて片付けを終えたところで、さやかさんに声をかけられた。
「未來ちゃん、今日も一日、お疲れさまでした」

「さやかさんも、お疲れさまでした」

「なんか――、今日は色んな意味で、すごい夜だったね」

さやかさんは、成金ウメちゃんが座っていた席をちらりと見て苦笑した。

「ほんとですよ。わたしがここでお世話になってから一年と少し経ちますけど、絶対にいちばん強烈な夜でした」

言ってわたしは、ギャフン、を思い出して失笑してしまった。

「でも、まあ、最終的には、みんなのおかげで、まるく収まって……」

「はい。よかったです。ちゃんと奴を『ギャフン』と言わせてくれたので、けっこうスカッとしましたし」

あの後、成金ウメちゃんは、おとなしく握りを食べると早々に近くのリゾートホテルへと帰っていった。連れのギャルは、さやかさんのお寿司に大満足してくれて、帰り際に「めっちゃ美味しかったぁ！　わたし絶対にまた来るぅ♪」と、なぜかわたしに握手を求めてきたのだった。もちろん、わたしは「はい、お待ちしてます」と彼女の手を握り返しつつ、目力で『出来れば一人で来てね』と伝えたつもりだけど、ちゃんと伝わったかどうか……。

二人が帰ったあとは、本来の目的である「まひろの就職祝い」をやることができた。みんなからのプレゼント（黄色い革財布）を受け取ったまひろも終始、幸せそうに笑っていたし、常連さんたちときたら、むしろ成金ウメちゃんを肴（さかな）に盛り上がって、いつも以上に愉しそうだった。

というわけで、今夜は色々あったけれど、最後は、めでたし、めでたし、だったのだ。

「ねえ、未來ちゃん」

「はい？」

「久しぶりに一杯飲ろっか？」

「えっ、もちろん喜んで。奴の『ギャフン』に乾杯しましょ」

「あはは。それ、いいね」

「でも、さやかさん、明日もお仕事あるのに、珍しいですね」

「うふふ。たまには、ね」

と、さやかさんは悪戯っぽく笑って、わたしをカウンター席に座らせた。そして、自分はつけ場に立った。

「あ、そうだ。未來ちゃんもヒラメの邪道握り、食べてみる？」

「わあ、食べたいです！　皆さん、すごく美味しそうに食べてたから、勤務中の自分を恨めしく思ってたんですよ」

「やっぱりね」

「え？」

「未來ちゃんの目が、わたしも食べたいよーって言ってたもん」

「う……、それ、ちょっと恥ずかしいです」

「うふふ。でも、じつは、わたしも食べたかったの」

「えー、そうなんですか？」

「うん。一応、味をイメージしながら握ってたんだけど、内心では『わたしも味見したーい！』って思ってたんだよね」

　しゃべりながら、すでにさやかさんの手はヒラメのさくを切りつけていた。そして、わたしの目の前で、さっきのヒラメの邪道握りを二貫握って、ひとつをわたしの前に出してくれた。

「はい、どうぞ」

「ありがとうございます」

「味見をしてないから、味は保証できないけど」

と、さやかさんは微笑んだ。

「それは大丈夫ですよ。さっきの常連さんたちの顔を見れば、だいたいどれくらい美味しかったか想像つきますから」

「未來ちゃんの観察眼」

「はい。それだけは自信あるんで」

「うふふ。じゃあ、わたしたちも食べてみようか」

「はい。いただきます」

「いただきます」

わたしたちは、カウンターを挟んで、それぞれパクリとヒラメの邪道握りを口に放り込んだ。

「んーっ！」

と鼻から声を出したわたしは、まるでさっきのギャルみたいに、咀嚼しながら目を見開いてしまった。そんなわたしの反応が面白いのか、さやかさんは愉快そうに目を細めて咀嚼している。

「やっぱり、すんごく美味しいです。なんか、これまで食べたことのない味っていうか、想像の斜め上を行く感じというか。だいたい予想通りかなぁ。さやかさん的には、どうなんですか？」

「うん。だいたい予想通りかなぁ。でも――」

「でも？」

「味見をしてから握れたら、もう少し美味しくつくれたなあって」

「いいサンマが入ったら練習してみよっと」

「うん。ネタの厚さと、塩味と旨味のバランスを微調整する余地がある気がする。また今度、いいサンマが入ったら練習してみよっと」

相変わらずストイックなさやかさんは、

「じゃあ、簡単なおつまみをつくるね――っていうか、残り物をお皿に盛るだけだけど」

と言って、手を動かしはじめた。

「じゃあ、わたしはビールを注いできます」

「うん、お願い」

ほどなく、二つのグラスと、つまみが盛られた中皿がカウンターに並んだ。

「適当なつまみでごめんね」

「いいえ、めっちゃ美味しそうです」

さやかさんもつけ場から出て、わたしの隣の席に座った。

それぞれ、ビールの入ったグラスを手にして、

「じゃあ、成金ウメちゃんの『ギャフン』に」

わたしが言うと、さやかさんはくすっと笑った。

「うん、乾杯」

「乾杯」

こつん、とグラスを合わせたわたしたちは、心地よく喉を鳴らした。

「はあ〜、やっぱり仕事の後のコレは美味しいなぁ」

「たまらんですねぇ」

二人してオヤジ臭い台詞を口にして微笑み合った。

それから、わたしたちはしようもない冗談を交わしながら、よく食べ、よく飲んだ。つまみが無くなると、さやかさんが追加してくれる。わたしもお酒には強い方だけど、さやかさんはもっと強いし、色白なのにいくら飲んでも少しも顔が赤くならないのがすごい。

地元で人気の冷酒をすいすい飲んでいるとき、ほろ酔いで少し口数が増えたさやかさんが、しみじみとした口調で言った。

「わたしね、さっき未來ちゃんが厨房に来て『あいつにギャフンと言わせましょうよ』って言ってくれたとき、なんか、ちょっぴり救われたような気分だったんだぁ」

「え、そうなんですか？」

「うん。わたしが『このお店を継ごう』って決めたときのことを思い出させてくれたから」

「…………」

「さっきお母さんが握ってくれたお寿司の話、したでしょ？」

「はい」

「わたしね、子供ながらに、あのお寿司の美味しさにすごく感動して、思わずお母さんに言ったの。『わたしも、お寿司を握れるようになりたい』って。そしたらお母さんが、すごーく嬉しそうに目を細めて、わたしのほっぺを両手で挟んで、『じゃあ、いつか、さやかが握ったお寿司を、お母さんに食べさせてね。楽しみにしてる』って」

「…………」

「それから、わたしたち指切りげんまんをしたんだよね」

思い出を語りながら、さやかさんは、左手でつまんだお猪口のなかを見詰めていた。それは、まるで、透明な冷酒のなかに当時の幸福なシーンが映っているかのようで——、淋しそうでもあり、微笑んでいるようにも見える横顔だった。

「じゃあ、その約束で、さやかさんは——」

「うん。お寿司屋さんになるって決めたの」

しかし、その母娘の約束は果たせないまま……。

「懐かしいなぁ」

と、さやかさんがお猪口から視線を上げたとき、わたしの脳裏に、ふと、ある日の映像が甦ってきた。

「あ、そうか」

と、わたし。

「ん？」

さやかさんが振り向いた。

「だから、さやかさん、ご両親の命日に——」

さやかさん自身が握ったお寿司を、お仏壇とお墓にお供えしているのだ。

「うん」

頷いたさやかさんは、口角を軽く上げて続けた。

「天国で『美味しい』って喜んでくれてるといいけど」

「言ってますよ、絶対に」

「そうかな」

「はい。絶対です」

「ふふ。未來ちゃんは、いつも優しいよね」

「あ、それは違います。べつに優しさで言ってるんじゃなくて、本当に美味しいから言ってるんです。伊助さんだって、いつも褒めてるじゃないですか。『さやかの握るお寿司は美味しい』って」

「あれは、まあ、親馬鹿の上を行くジジ馬鹿だと思うけど」

「えー、そんなこと無いですって」

たしかに、伊助さんにとってさやかさんは、まさに目の中に入れても痛くない存在であることには違いない。はたから見ても、かなり猫っ可愛がりな一面があるし。でも、お寿司の味に関しては、贔屓目(ひいきめ)抜きに褒めているとわたしは確信している。

「伊助さんは、さやかさんの才能と努力の両方を、ちゃんと認めてるんだと思いますよ」

「未來ちゃん、さっきから褒めすぎ」

「わたしは、思ったことをそのまま言ってるんですけど……」

ちょっと心外で、そう言ったら、さやかさんが、また少し懐かしそうな目をした。

「あ、でもね、わたし、修業時代に何度かおじいちゃんに電話で弱音を吐いたことがあったんだよね」

「さやかさんが、弱音？」

それは意外だった。わたしの知っているさやかさんは、誰よりもしなやかで強い芯を持った人なのだ。たとえ強い逆風が吹いたとしても、そよ風みたいにあっさりと受け流し、ひとり超然と微笑んでいる——、それが、わたしの知っているさやかさんだ。

「うん。やっぱり、この業界って女性が極端に少ないでしょ」

「はい」

なぁって」

以前にも女性差別には苦労したという話を聞いたことはあったけれど、心が病むほどだったとは知らなかった。

「そんなに、ひどかったんですか……」

わたしが訊いたら、さやかさんは「う～ん」と軽く首をひねって続けた。

「いまなら、きっと、あの頃と同じ棘のある言葉を投げつけられても、『わたしが棘を受け取らなければいいんだよね』って躱せると思うけど、当時のわたしは、ぜんぶ律儀に受け取っちゃってたんだよね。だから、段々と心がチクチクしてきて、おじいちゃんに何度か相談したの。やっぱり、もう、お寿司屋さんになるのはあきらめようかなって。この仕事は女の子には無理なのかもって」

そこで、さやかさんは、いったん冷酒で口を湿らせて、「ふう」と軽く嘆息してから続けた。

「そうするとね、おじいちゃん、毎回、同じことを言うの。さやかが嫌になったら、いつでも辞めればいいよって。いつものあの口調で、か～るく、あっさりと」

「え……、頑張れとか、そういう感じじゃなかったんですか？」

「うん。ぜんぜん違ったの。とにかく、さやかの好きにしなさいって。人生でいちばん大事なのは『いつも自由でいること』だからって」

「自由で――いること」

「そう。あ、でもね、そうは言っても、あのおじいちゃんだから、当時もしっかりジジ馬鹿を発揮してくれて――」さやかさんは、そこで「ふふ」と幸せそうな思い出し笑いをした。「さやかの握る寿司は、きっと、たくさんの人を笑顔に出来るよ。だから、寿司を握ることそのものが好きなうちは続けたらいいよって。修業が辛かったらここに帰ってくればいいし、『女だから』なんて言ってくる奴らは、いつか味で黙らせてやればいい。さやかは俺の孫だから、寿司の味で負けるはずはないって」

懐かしそうに細めたさやかさんの目には、ちょっぴり涙が揺れていた。

「なんか、伊助さん、格好いいですね」

「言い方は、いつもの通り、のほほ〜んとした感じで、あんまり格好良くはなかったけどね。でも、味で黙らせればいいってところは、さっき未來ちゃんが言ってくれたのと同じでさ」

「ああ、たしかに」

「だから、さっきの未來ちゃんの言葉が、わたしをポンって過去に飛ばしてくれて。で、わたし、思い出せたんだよね。お寿司屋さんになろうと思った頃の初心っていうか、原点みたいな感情を」

お母さんとの約束、とか――。

「そうだったんですね」

どうやら、わたしは偶然にも、ちょっぴりいいことを言っていたらしい。なにしろ、あの伝説の伊助さんと同じことを言ったのだ。我ながら、なかなか大したものだと思う。

そして、このとき、わたしは、ある疑問の答えを得た気がしていた。

その疑問とは――、どうしてさやかさんは日々、あそこまでひたむきな努力を続けているのか？

で、その答えは――、自分の好きな仕事を続けるため。お母さんとの約束を守り続けるため。そして、それを邪魔する者たちを片っ端から「味で黙らせる」ため。

この三つのために、さやかさんは日々、ストイックな鍛錬を欠かさないのだ。

「はい、さやかさん」

わたしは、さやかさんのお猪口に冷酒を注いだ。

「ありがとう」

と微笑んださやかさんは、お酒がたっぷり入ったお猪口をこちらに向けて掲げた。

「未來ちゃんの言葉のおかげで、わたし、あらためて、もっともっと頑張らなくちゃって思えたよ。ありがとね、未來ちゃん」

もっともっと、頑張るの？

「いいえ、そんな」

わたしは、小さく首を振りながら、自分のお猪口をそっと合わせた。

本日、二度目の乾杯だ。

さやかさんは冷酒をぐいっと飲んで、いつものように、うふふ、と綿飴みたいに笑った。

でも、なぜだろう――、さやかさんの、その笑みは、わたしの内側を少しだけ息苦しくさせた。

わたしも、お猪口のお酒を口にした。

と、そのとき、ふいに、かつての憧れの先輩の顔が脳裏に思い浮かんだ。

「あ、そうだ。さやかさん」

「ん？」

「わたしが、田舎の女子高生だった頃のことなんですけどね」

「うん」

「当時、所属してた柔道部で、歴代最強の『レジェンド』として語り継がれてる先輩がいたんです」

「レジェンド。格好いいね」

「はい。その人、直子(なおこ)先輩っていうんですけど。年齢は、さやかさんより少し上だから、わたしもその最強の柔道をリアルタイムで見たことはないんですけどね」

「うん」

「たまに顧問の先生が、直子先輩を練習に呼んでくれることがあって、レジェンド直々に指導をしてもらえたんです」

「へえ。それは嬉しいね。ちなみに、レジェンドは、どんな先輩なの？」

「ええと……」わたしは直子先輩を思い出した。「頭が良くて、笑顔が可愛くて、友達がいっぱいいて、わたしと同じ最軽量級でスタイルもいいんですけど、やたら強くて、優しくて——。だから、わたし的には、ちょっとズルいよなぁって思ってたんですけど」

「うふふ。それは、たしかにズルいね」

「ですよね」わたしたちはくすっと笑い合った。「でも、とにかく柔道の実績がすごいんです。三年生のときに、肩関節を亜脱臼したままインターハイに出て、そのままベスト8まで勝ち進んじゃったんですって」

「えー、ほぼ片腕で？」

「そうなんですよ」

「それは、本物の天才だね」

「はい。もし、怪我さえなければ、直子は絶対に優勝してたって、顧問が何度も自分のことみたいに自慢してました」

「さすがレジェンド……。で、その直子先輩、いまは何をしてるの？」

「ええと、たしか、生まれ故郷の田舎に戻って、卵を生産する養鶏農家の幼馴染と結婚したって聞いてます」

「そっかぁ。なんか、そういうところも素敵だね」

と、さやかさんは幸せそうな遠い目をしたけれど、わたしが言いたいのはそこじゃないのだ。

「あ、えっと、それは、ともかく——、その直子先輩が、柔道の指導をしてくれたあとに、わたしたち後輩の前でお話をしてくれたんです」

「お話？」

「はい。大会が近くなったせいか、わたしたち、ちょっとピリピリしてて——、そしたら直子先輩が言ってくれたんです。強い意志を持って頑張るのも大事だけど、じつは、人生のなかから『MUST』をなるべく無くしておくことも大事なんだよって」

「マスト？」

「はい。英語の『MUST』です」

「ナニナニしなければならない……っていう、アレ？」

「そうです」わたしは、少しゆっくりと頷いた。「わたしたちの頭に無意識に刷り込まれた『しなければならない』とか『こうあるべき』っていう考えって、けっこうな確率で、間違いだったり、思い込みだったりするんですって」

「思い込み、かぁ……」

「はい。例えば、柔道の練習は、常にこうでなければならないって『MUST』にしちゃうと、それ以外の練習方法はすべて排除しちゃいますよね。でも実際は、他にもっと効率的で、怪我をしにくい練習方法があるかも知れないのに」

さやかさんは、「ああ、たしかに」と頷いた。「お寿司のクオリティを上げるのも、きっと同じだね。もっと美味しく握れる方法があるかも知れない——っていう可能性を捨てない方がいいもんね」

「そうなんです。だから、自分の人生から『MUST』をなるべく消して、むしろ『もっといい道があるかも』って考えながら行動すること。従来の狭い価値観で自分を縛らないで、頭も心も身体も、なるべくのびのびと『自由』にしておくこと。それができる人は、柔道でも何でも、いい結果を生むことが多いよって」

「レジェンド直子先輩が？」

「はい。教えてくれたんです」

「そっかぁ。さすが『レジェンド』って呼ばれるだけあるね。そして、やっぱり、ちょっぴりズルい」

「はい。格好良すぎてズルいです」

わたしたちは、ふたたびくすっと笑い合った。

すると、さやかさんが口元に笑みを残したまま小首を傾げた。

「で――？」

「はい？」

「未來ちゃんは、本当は何が言いたいのかな？」

「え？」

「だって、ほら、ちょっと唐突な感じで直子先輩の話をしはじめたから」

「あぁ、ですよね……」

たしかに、話の持っていき方が不自然だったかも知れない。そして、このとき、わたしは、いちばん肝要な話を飛ばしていたことに気がついたのだった。

「ええと、ようするに――、お寿司を握るのは男でなければならないとか、常に正道で握らなければならないとか、そういう『ＭＵＳＴ』はいらないってことです」

わたしは、きっぱりと言った。

でも、さやかさんが自分自身にかけている『わたしは頑張らなくてはいけない』という『MUST』については触れずにいた。

すると、さやかさんは得心したように頷いて、いつものゆるふわな笑みを浮かべた。

「うふふ。素敵な話をしてくれて、ありがとね。未來ちゃんって、本当に優しいよねぇ」

「いやぁ――、そんな。えっと、とにかく、もう、さやかさんの人生からは『MUST』は無しってことで、いいですか？」

「うん。そうしてみるね」

「約束ですよ？」

わたしの念押しに、ちょっと不思議そうな顔で頷いたさやかさんが、「え？　あ、うん。約束する」と言ってくれたので、わたしは内心でガッツポーズをしていた。

「よかった。じゃあ、いまのわたしとの約束を受けてもらった上で――、次の土曜日のことなんですけど」

「え、次の土曜日？」

「はい。次の土曜日、さやかさんはランチタイムの営業をしなければならない――っていう『MUST』をいったん無しにして」

「え……？」

「わたしと自転車デートしません？」

ぽかんと口を開けて固まったさやかさんに、わたしはあらためて言った。

「ようするに、土曜日のランチ営業をサボって、自転車デートです」

「えっと、未來ちゃん？」

「はい？」

「さすがに、営業日にお店を閉めるのは、ちょっと……」

思ったとおり、さやかさんは困ったように眉をハの字にして微笑んで見せた。

「多分、ですけど、お店は閉めなくても大丈夫だと思います。だから、一緒にサボりましょ？」

「え――、未來ちゃん、どういうこと？」

わたしは「むふふ」と不敵に笑った。

そして、このお店にとって、いちばんダメージの少ない――というか、もしかすると、お店にとって、ある意味ポジティブとなり得る「さやかさんがサボる方法」を、わたしはさやかさんに伝えたのだった。


「未來ちゃん、暑いよぉ。いったい、どこまで行くのぉ？」

着ているTシャツと同じ空色の自転車を漕ぎながら、さやかさんが弱音を吐いた。まだ走り出してから数分しか経っていないのに、けっこう息が切れている。

「さやかさん、お寿司の練習ばかりで、完全に運動不足ですよ」

さやかさんの隣でペダルを漕ぎながら、わたしは答えにならない返事をした。

渚に沿って弓なりにカーブする国道は平坦だ。

右手にはブルートパーズ色にきらめく海原が広がり、遥か水平線の向こうにはマッチョな入道雲が仁王立ちしている。

まぶしい夏空は、宇宙が透けて見えそうなほどに青くてクリアだ。

「運動不足は、認めるけど――、はあ、はあ……、わたしを、どこに?」

気温はすでに三〇度を優に超えているから、わたしが着ている白いTシャツも、汗で背中に張り付きはじめている。

「安心して下さい。ゴールは、もう見えてますから。ほら」

わたしは前方を指差した。

「え?」

と、さやかさんも前を見た。

国道の先に見えているのは、手作り感満載な水色のカフェだ。

「もしかして、はあ、はあ……、『シーガル』?」

「正解でーす」

「よかったぁ。もっと、遠くまで、はあ、はあ……、連れて行かれるかと、思ったぁ……」

「あはは。わたし、そんな鬼じゃないですから。お昼に、さやかさんが大好きな例のカレーを食べましょ」

「うん、いいね。はあ、はあ……、あそこのカレー、わたし、久しぶりだし。はあ、はあ……」

さらに息を切らせたさやかさんは、手の甲で額の汗をぬぐうと、

「それにしても、あつーい!」

と夏空を見上げて文句を言った。

シーガルに到着したわたしたちは、店の裏手のスペースに自転車を停めた。そして、暑い、暑い、と言いながら入り口のドアを前にして――、
　思わず顔を見合わせた。

「うそ……」と、さやかさん。

「もうすぐランチタイムなのに？」と、わたし。

時刻は、まもなく十二時になる。しかし、「シーガル」のドアには、木製の札が二枚掛かっていたのだ。

　ひとつは『営業中』の小さな札。

　そして、もうひとつは――、

　マスターは波乗り中
　そのうち戻ります♪

　と書かれた、ひとまわり大きな札だった。

「そのうちって――、いつなんだろうね？」

　呼吸が整ってきたさやかさんが苦笑した。

「さあ……。でも、まあ、戻るなら、テラスで待ちます？」

「そうだね。せっかく来たんだし」

わたしたちは店舗の海側に造られたテラスに上がると、いちばん海が見やすい席に腰掛けた。

丸太で造られた手すりのすぐ先は、もう白砂のビーチだ。

視線を海原に送ると、ブルートパーズ色のきらめきのなか、数人のサーファーが波と戯れていた。

「あっ、いま波に乗った人、直斗さんじゃないですか？」

わたしは海を指差しながら言った。

「ほんとだ」

「わたし、直斗さんが波に乗ってる姿、はじめて見ましたけど、めっちゃ上手なんですね」

「うん。あんなに乗れたら格好いいよねぇ」

さやかさんは額に手をかざして、じっと直斗さんの波乗りを見詰めていた。いまのこの台詞を龍馬さんが聞いたら落ち込むだろうなぁ、なんて思っていると、次の瞬間、わたしたちは「あっ」と声をそろえた。

勢い余った直斗さんが、大きな波の上に放り出されたように飛び上がり、そのまま背中から落水したのだ。そして数秒後、直斗さんが、ぷかりと水面に顔を出したのを確認すると、ホッとしたのか、さやかさんが「そういえば――」と、話題を変えた。

「おじいちゃん、ちゃんとやれてるかなぁ……」

いま頃、夕凪寿司は、ランチ営業で賑わっているだろう。

「大丈夫ですよ。伊助さんは、お寿司業界のレジェンドですもん」

「レジェンドねぇ……」

「今朝は、けっこう張り切ってましたよ」

「ああ、そういえば、久しぶりに調理服を着た自分の姿を鏡で見て、なんか、ちょっぴり嬉しそうにしてたかも」

「ですよね。わたしが『さすが、格好いいです！』って褒めたら、『うん、久しぶりに腕が鳴る』って言ってましたよ」

「えー、本当に？」

「はい。でも、龍馬さんは、ちょっと不安そうでしたけど」

「うん。龍馬くんにしては、珍しく緊張してたよね」

わたしたちは調理服を着たときに見せた龍馬さんの心もとなげな顔を思い出して、くすっと笑い合った。

じつは――、さやかさんをサボらせるために、わたしは伊助さんと龍馬さんに「お願い」をしたのだ。「ずっと頑張り過ぎているさやかさんを、ほんの少しだけでもリフレッシュさせてあげたいんですけど、協力してもらえませんか？」と。

もちろん、二人の返事は、わたしの予想どおりで――、
伊助さんは、目の中に入れても痛くない孫娘のために、「よしきた」と二つ返事で腕まくり。

龍馬さんは、密かに恋い焦がれる幼馴染のために、「こういうときに頼られるのは、結局、俺なんだよなぁ」と鼻の穴を膨らませてニヤけていた。

男って単純だ。もちろん、いい意味で。

「さやかさん」

「ん？」

「ちょっと、さすがに暑すぎません？」

「うん。干からびちゃいそう……」

さやかさんはTシャツの胸の部分をつまんで、はたはたと動かした。

「待ってるあいだに、かき氷、食べません？」

「わあ、いいね」

「じゃあ、わたし、そこのコンビニでかき氷を買ってきます」

「えっ、なら、わたしも一緒に行く」

「あ、いや、さやかさんは、ここで待ってて下さい」

「えー、なんで？」

「えっと――、直斗さんが、さやかさんの存在に気づいたら、すぐに戻って来てくれるかも知れないので」

適当な嘘をついたわたしは、さやかさんをテラスに残したまま、さっさと国道の向かいにあるコンビニへと向かった。本当の理由は、さやかさんが「シーガル」に居てくれないと、もう一人の待ち合わせ相手が到着したときに途方にくれてしまうからだ。なにしろ、入り口のドアには、あの二枚の札が掛かっているのだ。

わたしは急いでかき氷を買い、足早にテラス席へと戻った。

腕時計を見ると、時刻は、まさに十二時を回ったところだった。そろそろ三人目が登場するだろう。

わたしはレジ袋からカップに入ったかき氷を取り出して、一つをさやかさんの前に置く。

「未來ちゃん、ありがとう」

「いえいえ」

そして、残りの二つをテーブルの上に出したとき、さやかさんが「え？」と首をかしげた。

「未來ちゃん、二つ食べるの？」

「あはは。違いますよ。じつは、これ――」

わたしが言いかけた刹那、さやかさんが「あれ？」と国道の方を指差した。わたしも、その方向を見ると、自転車に乗ったまひろが、わたしたちに気づいて大きく手を振っていた。憧れのさやかさんの存在に気づいたせいだろう、まひろは、遠くても分かるくらい満面に笑みを浮かべている。わたしたちも大きく手を振り返した。

「もしかして、まひろちゃんも呼んでたの？」

手を振りながら、さやかさんが言った。

「はい。奴は、さやかさんの大ファンですから」

「えー、それはないと思うよ」

と、照れ臭そうに微笑むさやかさん。そうやって謙遜するところがまた、まひろの心を摑むのだろう。

手を振るのを止めたまひろが、しっかりとハンドルを握って、えっちらおっちらペダルを漕ぎ、少しずつ近づいてくる。

わたしは先日、この店で、まひろに言われた台詞を思い出していた。

わたし、また未來ちゃんと一緒に来たいなぁ……。できれば、夏が終わらないうちに――。

これで、まひろとの約束も果たせた。しかも、憧れのさやかさんも連れて来てあげたのだ。

うん。なかなかいい仕事をしたぞ、わたし。

しばらくすると、額に汗を浮かべたまひろが到着した。

「お待たせぇ。っていうか、さやかさんが来るなんて聞いてないよぉ」

まひろは目をキラキラさせながら、わたしの隣の席に腰掛けた。

「わたしも、まひろちゃんが来るって知らされてなかったんだよ」

「えー、そうなんですか？」

「そうなの。だから、嬉しいサプライズ」

「嬉しいのは、わたしです。っていうか、あれ？」

そこで、まひろは小首をかしげた。

「ん？」と、さやかさん。

「えっと、今日、夕凪寿司は、どうしたんですか？」

まひろのまっすぐな視線を受けて、さやかさんは、えへへ、と首をすくめてみせた。

「今日はね、サボりなの」

「え？　サボり……」

「そう。お店をサボったのも、シーガルに来たのも、まひろちゃんと会えたのも、ぜーんぶ、未來ちゃんの悪巧みのおかげなんだよね」

「え～！」

まひろとさやかさんが、わたしを見た。

二人とも目が笑っている。

「はいはい。二人とも、そういう細かいことはおいといて――、ほら、かき氷、溶ける前に食べないと」

わたしはそう言って、コンビニでもらった木のスプーンを二人に差し出した。そして、かき氷のカップの蓋を開けた。ついさっきまでカチカチに凍っていたかき氷が、ちょうど食べやすい硬さにまで溶けはじめている。

わたしたちは、かき氷を食べはじめた。

「んー、やっぱ、夏はかき氷だよねぇ」

さやかさんが目を細めて言う。

「ですよね。わたし、カレーを食べたあと、シーガルのかき氷も食べちゃおうかな」

わたしが答えると、まひろがふたたび「あれ？」と目を丸くして固まった。

「ってか、どうして二人は、お店の外にいるんですか？」

どうやら、まひろはドアに掛けられた札に気づいていないらしい。だから、わたしが教えてあげた。

「せっかくのランチタイムだってのに、直斗さん、海でサーフィンやってんの。ほら、あそこ」

まばゆい海原を指差すと、まひろがそちらを振り向いた。

「うわ、いた！　直斗さんって、本当にお店を閉めて波乗りに行っちゃうんだぁ……」

「ね、噂どおりでしょ？」と、わたし。

「うん。自由すぎるけど、なんか人生を素直に楽しんでる感じがして、ちょっと憎めないかも」

まひろの少し呆れたような台詞を、さやかさんが拾った。

「きっと直斗さんの人生にも『ＭＵＳＴ』がないんだね」

さやかさんも、まひろも、直斗さんを見ていた。

直斗さんは、サーフボードにまたがってぷかぷか浮いたまま沖合を見詰めている。次にいい波が来るのを待っているのだろう。

「えっと――、マストって、なんのことですか？」

まひろはさやかさんに問いかけた。

「ほら、ナニナニしなければいけない――っていう、英単語の『ＭＵＳＴ』のこと」

「ああ、その『ＭＵＳＴ』かぁ。たしかに、直斗さんには無関係そうな言葉ですね」

「だよねぇ」

二人の会話を穏やかな気分で聞いていたら、急に胃袋が空腹を主張しはじめた。

「なんか、自由すぎる人のせいで、お腹が空（す）いてきちゃったなぁ」

わたしがボヤくと、まひろが「わたしもだよ」と同意した。

すると、さやかさんが、にっこり笑ってわたしの名を呼んだのだ。

「ねえ、未來ちゃん」

「はい？」

「お店をサボって波乗りしてる店長を呼び戻してはいけないっていう『ＭＵＳＴ』も、人生には必要ないよね？」

わたしは吹き出した。

「ないです。絶対に」

「じゃあさ、三人で大声を出して、呼んじゃう？」

「あはは。いいですね」

わたしは、笑顔のまひろと頷き合った。

そして、三人そろって立ち上がると、テラスの柵に沿って並んだ。波待ち中の直斗さんは、相変わらずこちらに背を向けて、ぷかぷかと広い海原に浮かんでいる。

「さやかさん、掛け声をお願いします」

わたしが言うと、さやかさんが「うん、任せて」と微笑んだ。

「じゃあ、行くよ。せーの！」

そして、わたしたちは両手を口に当て、海に向かって大声を出した。

「なーおーとーさーんっ！」

ブルートパーズ色のきらめきのなか、真っ黒に日焼けした顔がこちらを振り向いた——、と思ったら、直斗さんは、ちょぴり申し訳なさそうに、顔の横で小さく手を振った。

「うふふ。なんか、直斗さん、悪戯がバレたときの子供みたい」

愉しそうに笑ったさやかさんが、海に向かって手を振り返した。

直斗さんの百倍くらい、大きく、とても自由な感じで。

第三章　親馬鹿とジジ馬鹿

【金光武則】

「いやぁ、わざわざ金光社長ご本人が、現場の視察に出張ってくれるなんて、正直、驚きでした」

十年落ちの軽トラを運転しながら、田中昭治（たなかあきはる）が、ちらりと助手席の俺を見た。

田中は、うちの下請け会社のひとつ「田中建設」の社長だ。今回は、町の落石防護柵の改修工事を依頼することになり、現場を一緒に見に行ったのだった。

田中と俺は同年代で、若い頃はよく現場で一緒に作業をした仲だった。当時の田中は、父親が興した地元の土建屋の二代目で、俺が興した新しい会社「金光建設」に、ちょくちょく仕事を振ってくれていたのだ。しかし、その後、俺の会社だけが倍々ゲームで成長を遂げ、気づけば立場も逆転。事業規模で言えば優に一〇〇倍もの差がついてしまった。結果、いまや、うちが田中の会社に仕事を振るという、かつての恩返しをする立場になっているのだった。

「なぜか今日に限って、うちの連中、みんな出払っててよ。久しぶりに俺が駆り出されちまったんだよ」

「社員が足りなくなるほど仕事があるってのは、景気がいい証拠じゃないですか」

「昔ほどは良かねえけどさ、でも、まあ、おかげさまで、なんとかやってるよ」

適当に謙遜の言葉を吐きつつ、内心では、尻を突き上げる安っぽい軽トラの振動に、やや辟易(へきえき)していた。当初は、俺のメルセデスで現場に向かおうと思っていたのだ。しかし、田中が気を遣って、わざわざ軽トラで会社まで迎えに来てくれたものだから、それを無下に断ることも出来ず……、結局、ギシギシと壊れそうな音のする助手席に乗せてもらうハメになったのだった。

「金光社長を助手席に乗せるなんて、ちょっと緊張しますわ」

「なんだよ、緊張って——、やめてくれよ。それに敬語もいらんって」

「いやぁ、金光社長は、いまや地元の名士ですから」

昔からこの男は誰にでも優しいお人好しで、悪知恵の働く連中から損な役回りを押し付けられるタイプだ。しかも、相手の立場が上だと見るや、媚(こ)びへつらうような態度を取るものだから、あっさり相手にナメられてしまう。零細とはいえ田中は代表取締役社長なのだから、もっと堂々としているべきだ。そうでないと社員の目にも「頼りない経営者」として映ってしまう。まったく、田中がこんな風だから田中建設はいつまで経っても成長しないのだ。

「いまさら俺をヨイショするなよ。尻がむずむずする」

「別に、ヨイショだなんて」

「してるだろう」

「そう——、ですかね」

「…………」

そのつもりがなくても、お前は無意識にヨイショしてるんだよ、と言いたいのを堪えて、俺は口を閉じた。すると田中は話題を変えた。

「そういえば金光社長、次の町長選挙に出馬して欲しいって、いまの町長に説得されてるんですって?」

「なんで田中がそんなこと知ってんだよ」

確かに先週、町長室に呼び出されて打診されていた。

「ここは狭い町ですから、噂は早いんですよ」

「言っとくけど、俺は即答したからな」

「おお、やっぱり出馬するんですね」

「はぁ? その逆だよ。俺は政治なんかにゃ一ミリも興味がねえって即答してやったんだ」

「そうなんですか? 政治家、向いてそうなのに」

「どこがだよ。俺にはぜんぜん向いてねえって」

「いやいや、金光社長みたいな強いリーダーシップを発揮できる人が町長になったらいいのにって、私の周りの連中はけっこう言ってますよ」

相変わらず敬語でへつらいながら、田中は軽トラのステアリングを左に切った。アスファルトのひび割れが目立つ農道から、少し広い二車線の道路へと入る。軽トラの乗り心地も、いくらかマシになった。このまま真っ直ぐ進めば海だ。

「あんたの周りが何を言ってるのかは知らんけど、俺は絶対に立候補なんてしねえぞ」

「絶対——ですか。でも、どうして」

「どうしてって……。いいか、ちょっと考えてみろよ。うっかり政治家になんてなっちまったら、人生が一気に狭っ苦しくなるだろ？　大手を振ってキャバクラにも行けなくなるし、立ちションひとつできやしねえ」

「あはは。立ちションは、どっちにしろ駄目ですけどね」

「とにかく、俺は、阿呆で愉快な土建屋のオヤジでいてえんだよ。仕事が終わったら、好きな酒をかっ喰らって、ゲラゲラ笑いながら地元をフラついてるような、そういうしょーもないオヤジのまま死ねたら最高だろ？」

「なるほど……。しょーもないオヤジっていうのも、なんだか自由な感じで、悪くないかもですね」

ちょっぴり呆れたように言った田中は、そこでふと何かを思い出した様子で続けた。「あ、そうだ。好きな酒をかっ喰らうといえば——、金光社長、日本酒がお好きでしたよね？」

「おう。酒はやっぱりビールと日本酒だな」

「なら、ちょうどよかったです。こないだ、仕事で付き合いのある人から日本酒が送られてきたんですけど、ほら、私は下戸じゃないですか」

「ああ、そういえば、一滴も飲めないんだっけな」

「そうなんです。だから、もらってもらえませんかね。うちにあっても仕方ないんで」

「そうかい。それはありがたいな」

じつは、ちょうど昨晩、お気に入りの日本酒を飲み切ったところで、新たに買わねばと思っていたのだ。この申し出はまさに渡りに船というやつだ。

「じゃあ、日本酒を取りに、うちに寄らせて頂いて——、それから御社まで送らせてもらいますね」

「おう。なんか、いろいろと悪いな」

「いえいえ。どうせなら、味の分かる人に飲んでもらえた方が、日本酒も嬉しいでしょうし」

だから、そういうおべんちゃらはいらねえって――、と思うのだが、わざわざそれを指摘するのも面倒だ。だから俺は、適当に話を合わせておくことにした。

「まあ、どうせ飲みはじめたら、酒の味なんて分からなくなっちまうけどな」

「あはは。たしかに、そうですよね」

同年代の俺に、ひたすら気を使う田中の横顔が、どうにも哀れに見えて、こっちまで悲しくなってくる。そんな卑屈な態度を取らなくても、ちゃんと仕事は振ってやるのに……。

正面に、国道とぶつかるT字路が見えてきた。

信号が黄色から赤に変わる。

田中は優しくブレーキを踏んで軽トラを停めた。

国道の向こうに広々と横たわるのは、ブルートパーズ色をした地元の海のきらめきだ。

そのまぶしさに俺は少し目を細めた。

「田中」

「はい？」

「窓を開けていいか？」

「もちろんです」

俺は手動のレバーをぐるぐる回して助手席の窓ガラスを下ろした。すると田中も同じことをした。

狭い車内をすうっと風が通り抜ける。

「やっぱり、私らの地元って、いいところですよね」

「ん、どうした、急に」

「だって、一年中、海風が吹いてるじゃないですか」

「ああ、うん。たしかに、そうだよな」

頷いた俺は、海原を眺めつつ深呼吸をした。

九月の澄んだ青い風に、肺がすっきりと洗われていく。

そして、視線を手前に移して、正面のT字路を見た。

白い塗料の剝げかけた横断歩道。そのすぐ脇に、渚へ降りていくためのコンクリートの階段がある。

さらに、その階段の右手には、コンクリートブロックを積んで造られた公衆トイレが設置されている。

そういえば、あの階段とトイレを造ったのは——、

「あれを金光社長と一緒に造ってた時代が懐かしいですわ」

若き日の自分たちを見るような目で、田中が言った。

「うん。懐かしいね」

俺も、しみじみとした気持ちで頷く。

「でも、あの頃に戻りたいとは、思わないんですよね」

「……………」

田中の言葉は少し意外だった。

もしも過去に戻れたなら、田中は多くの失敗をやり直して、会社をきっちり成長させ、結果、同年代の俺に媚(こび)を売ったりしなくて済むような人生を手に入れられるかも知れないのに。

「金光社長は、あの頃に戻りたいですか?」

「さあ、どうだろうな」

俺は、首をひねるだけで、あえて答えは口にしなかった。

あの頃の俺は、とにかく家族を食べさせるために、死に物ぐるいで働いていたのだ。興したばかり

の会社の経営が、なかなか軌道に乗らず、一年三六五日、ほとんど休みなく働き続けなければならなかった。「社長」という肩書きなど名ばかりで、毎日、ひたすら朝から晩まで現場に出て汗を流し、ようやく肉体労働が終わったと思ったら、今度はワンルームのボロアパートにデスクを置いただけの「会社」に戻り、不得手な事務作業をこなしていた。そして深夜、心身ともにボロボロになって帰宅した俺は、何はさておき子供部屋のドアをそっと押し開け、まだ幼かった久成(ひさなり)と樹里(じゅり)の寝顔をそっと覗き込むのだった。

この子たちと妻の佐知江(さちえ)の幸せのために、俺は絶対に成功してみせる――。

すやすや眠る無垢な存在に癒(いや)されながら、夜毎(よごと)、俺は決意を新たにしたものだった。

「ねえ、金光社長」

「ん？」

と、俺は運転席を見た。

すると田中は、だいぶ年季が入ってきた公衆トイレを見詰めたまま、感傷的な声を出した。

「なんだか、あらためて言うのもおかしいですけど――」

「…………」

「私たちって、この町のために、いろんなモノを造ってきましたよねぇ……」

「まあ、そうだよな。それが地元の土建屋ってもんだしな」

「ですね」

「っていうか、おい、大丈夫かよ。急に過去を振り返るみたいなこと言いだして。死ぬんじゃねえだろうな」

俺は冗談めかして言った。

「あはは。まさか。おかげさまで私は、六四にしては健康体だって医者に褒められましたから」

「ならいいけどよ。俺たちは、まだまだ、これからも造っていかねえと」

「はい」

「まずは、さっきの現場で――」

「落石防護柵、きっちり改修させてもらいます」

「頼むよ」

「任せて下さい」

信号が青になった。

ゆっくりと軽トラが動き出し、海沿いの国道を右折した。

俺は開け放った窓の枠に肘を乗せて、海風を味わう。

この町をちょいと車で走れば、あちこちで自分たちの仕事の「成果」と出会える。そして、その「成果」を町の人々が当たり前のように使っている様子を見ることができる。俺が死ぬまで土建屋のオヤジでいたい理由は、きっと、そのあたりにあるのだろう。そんな気がする。

「なあ、田中」

「はい？」

「そろそろ、敬語、本当にやめねえか？」

「いやぁ、それは、さすがに……」

かつては「友達」だった田中の横顔が、本気で困っているように見えた。

やっぱり、こいつも、そうなるか――。

俺は、田中に気づかれないよう、海に向かってため息をついた。

仕事に精を出せば会社は大きくなり、金も名誉も手に入る。しかし、同時に、失うモノもあるということだ。

人生、なかなか上手くいかねえよなぁ……。

胸裏でつぶやいたら、ふと「夕凪寿司」が恋しくなってしまった。


日本酒をもらうために立ち寄った田中の家は、風波(かざなみ)駅から少し内陸側に入ったところにある古い木造の一軒家だった。

土建屋らしく庭の敷地は広いのだが、その大半はトラックと重機と建築資材の山で埋め尽くされている。

「せっかくですから、お茶でも飲んでいって下さい」

田中にしつこく言われた俺は、渋々ながら上がっていくことにした。

お茶を飲んだら、さっさと帰ろう——。

そう思いつつ玄関で靴を脱いでいると、さっそく田中の奥さんが現れて、「あらまあ、社長さん、ご無沙汰(ぶさた)しております」「急なので、ちっとも家のなかを片付けられなくて」「もう、本当に汚いところで……、ささ、よかったら、こちらのスリッパを」「あなた、社長をお連れするなら、もっと早く言ってくれないと」などと、慌てふためいている。

「ああ、いや、こちらこそ急な流れで——。返って申し訳ないです。では、お邪魔します」

ややサイズの小さなスリッパにつま先を突っ込んだ俺は、そのままリビングに通された。

田中家のリビングは、予想以上に雑然としていた。悪く言えば、ごちゃごちゃと散らかっている。良く言えば、生活感に溢れている、となるだろう。モノが少なくて生活感のない俺の家とは、ほぼ正反対と言っていい。

「社長、どうぞ、こちらに」

田中が引いてくれた椅子に腰を下ろした。

テーブルの中央には、塩、胡椒(こしょう)、醤油などの調味料類と、真新しい箱に入ったコンパクトカメラが無秩序に置かれていた。俺のはす向かいの席には、「おえかきちょう」と書かれた画用紙の束と色鉛筆のセットがあり、そして、その席の椅子だけは、座面の高い幼児用だった。

「社長さんは、お茶とコーヒー、どちらがお好みですか？」

奥さんに訊かれて、俺はお茶を所望した。その方が淹(い)れるのが容易だろうと思ったからだ。

すると田中が、「じゃあ、すまないけど、お茶を二つ頼むわ」と奥さんに言い、続けて俺に「いま、お渡しするお酒を持ってきますんで」と言ってリビングを出て行った。

ひとり手持ち無沙汰になった俺は、雑然としたリビングを見渡した。

壁には、お孫さんが描いたと思われる絵が、数枚貼られていて、サイドボードの上には家族写真がずらりと飾られている。

そういえば、田中の家は、三世帯が同居しているのだった。田中夫妻のほかに、実の娘さんと婿養子に入った旦那(だんな)さん、そしてお孫さんの五人家族だ。そう考えると、リビングに生活感が出るのも分かる。独居のうちと比べるのが、そもそもの間違いだ。

「お待たせしました。このお酒なんですけど……」

田中が戻ってきて、俺に四合瓶を手渡してくれた。

「おっ、まさかの『豊盃』か。これは青森の銘酒でな、風味が華やかで人気の酒だよ」

「そうなんですね。下戸の私には、よく分からなくて」

「ありがとう。大切に飲ませてもらうよ」

「いえいえ、もらって頂けて嬉しいです」

言いながら田中が俺の正面の椅子に腰掛けた。

すると、すぐに奥さんがお茶と茶菓子を出してくれた。

俺は礼を言って、そのお茶をすすりはじめた。

「社長さん、どうぞごゆっくり。わたしは隣の部屋に居ますから、何かあったら呼んで下さいね」

「うん。ありがとう」

と、田中が奥さんに微笑みかけたとき、玄関の方からパタパタと軽快な足音が近づいてきた。

この足音は子供かな、と思っていると、リビングのドアが勢いよく開いて、髪をツインテールに結んだ女の子が飛び込んできた。

「じいじ、ただいまぁ！」

と元気よく挨拶した女の子は、しかし、次の瞬間、見知らぬ俺の存在に気づいて、ピタリと固まってしまった。

「おかえり」

俺は、なるべく柔和な顔で微笑み、そして、できる限り優しい声を出した——つもりなのだが、女の子はひきつった顔のまま、そっと田中の腰にしがみついた。

「あはは、美梨ちゃん、おかえり」田中は、孫娘の頭を撫でながら言った。「幼稚園、楽しかった？」

「うん……」

消え入りそうな声で返事をした美梨ちゃんは、田中の腰にしがみついたまま、不安げな顔で俺を見た。

「美梨ちゃんっていうの？」

「うん……」

「いくつかな？」

美梨ちゃんは、声に出さず、指で四歳だと示した。

「ほら、美梨ちゃん、おじちゃんに、こんにちは、は？」

田中に促された美梨ちゃんは、相変わらず田中の腰にしがみついたまま、恐るおそるといった感じで「こんにちは……」と小さな声を出した。

「はい、こんにちは。美梨ちゃんは、いい子だね」

微笑みを保ったまま俺が言うと、ようやく美梨ちゃんの顔から緊張が薄れはじめた。

「じいじ、あの人、誰？」

と、俺を見ながら言う。

「あはは。人を指差しちゃ駄目だよ。あのおじちゃんはね、じいじと一緒にお仕事をしてくれる、偉い人だよ」

「ふうん、偉い人なんだ」

と、美梨ちゃんが言う。

俺も胸裏で、ふうん、偉い人なんだ、と言った。

もしも、俺だったら「あのおじちゃんは、じいじのお友達だよ」と言うだろう。その方が、きっと、美梨ちゃんも心を開きやすくなるだろうに。

そんなことを思っていると、今度は大人の女性がリビングに入ってきた。のんびりした口調で、「ただいまぁ。もう、外、暑くてさぁ」と言った瞬間、俺に気づき、さっきの美梨ちゃんと同じようにハッとした顔をした。

「あっ、す、すみません」

と、慌てて会釈した女性は——、間違いない、美梨ちゃんの母親、つまり、田中の娘さんだ。

「おかえり。こちら、金光建設の社長さん」

田中に紹介された俺は、「どうも、お邪魔してます」と軽く会釈を返した。相変わらず顔に微笑みを張り付けたまま。

「うちの父が、いつもお世話になっております」

あらためて、きっちりと頭を下げた娘さんは、表情が朗らかで、とても感じのいい人だ。

「いえいえ。こちらこそ、いつもお父さんにはお世話になってるんですよ」

俺は、もらったばかりの酒を掲げて、

「いまも、ほら、美味しい日本酒を頂いちゃって」

と、笑みを大きくしてみせた。

すると、その様子を見ていた美梨ちゃんが、

「ねえ、じいじのお友達なの？」

と、素朴な疑問を口にした直後——、俺と田中の声が重なった。

「そうだよ」

「違うよ」

そして、短い沈黙がテーブルの上に降りた。

顔を見合わせた田中と俺は、気まずさに思わず苦笑してしまった。

「え？　どっちなの？」

美梨ちゃんが田中の膝によじ登りながら訊ねる。

俺は、田中が困る前に、先に答えてやった。

「あのね、おじちゃんたちは、お友達みたいに仲良く、一緒にお仕事をしてるんだよ」

「ふうん、そうなんだ」

田中は、眉を少しハの字にしたまま、よじ登ってきた美梨ちゃんを抱っこした。そして、その小さな背中をぽんぽんと優しくリズミカルに叩いてやる。叩いているうちに目尻が下がってきて、いかにも幸せそうな好々爺（こうこうや）の顔になっていく。

あの田中が、おじいちゃんか――、としみじみしていたら、娘さんが美梨ちゃんを呼んだ。

「さあ、美梨、ただいまを言ったら、ママと二階で遊ぼう」

俺と田中の会話の邪魔をしてはいけないと気遣ってくれたのだ。

「美梨ちゃん。じいじとは、また後で遊ぼう」

田中も追随（ついずい）して、抱っこしていた美梨ちゃんを娘さんに受け渡した。おとなしくママに抱っこされた美梨ちゃんは、リビングから出ていくとき、俺に向かって「バイバイ」と、もみじのような手を振ってくれた。

「またね」

俺も軽く手を振り返す。そして、田中に言った。

「お孫さん、ここに居てくれてもいいのに。別に、仕事の話をするわけでもないし」

「いやぁ、でも、居たら居たで、なかなかに騒がしいですよ」

「でも、可愛いじゃない」

「まあ、そうなんですけどね」

言いながら田中の目尻がまた下がる。

「なんだか、目の中に入れても痛くないって顔をしてるな」

「いやぁ、あはは。美梨は、うちの初孫なんで――。親馬鹿ならぬ、ジジ馬鹿をやってます」

「うん。ジジ馬鹿ってのは、俺はアリだと思うよ。親馬鹿は、教育に良くないこともあるけどな」

「そうですかね」

「そうだよ。ジジ馬鹿ってのは、見ていて微笑ましいし、ある意味、美しいとすら思うな」

するとと田中は、素直に嬉しそうに「ありがとうございます」と言って、明るいトーンで続けた。

「じつは明日、美梨が通っている幼稚園で運動会がありましてね」

「ほう」

「で、そのために、こいつを新調したんです」

田中は、調味料と一緒くたにテーブルの上に置かれていたカメラの入った箱を手前に引き寄せた。

そして、箱からカメラを取り出すと、あれこれと機能を説明しはじめた。

俺は、しばらくのあいだ、ほうほう、なるほど、と相槌(あいづち)を打ちながら聴いていたのだが、これがいつまで経っても終わりそうにないので、終(しま)いには笑ってしまった。

「なあ、田中」

「はい?」

「いったい俺は、いつまで、お前のカメラ自慢を聞かされるんだ?」

俺の問いかけにハタと我に返った田中が「ああ、これは失礼しました」と首をすくめてみせた。

「まあ、とにかく、田中が幸せな買い物をしたってことは充分に伝わってきたから、そろそろ解放してくれや」

俺は、あえて冗談めかして言ってやった。

後頭部を掻いた田中は、「いや、つい。すみません」と、お茶を飲む。

俺も湯呑みを手にすると、ぬるくなったお茶を飲み干した。

そして、じゃあ、そろそろ、と口を開きかけたとき——、田中は、その幸せそうな目をまっすぐ俺に向けて言ったのだ。

「そういえば、金光社長のところは、お孫さんは？」

俺は、手にしていた空っぽの湯呑みを口に運び——、ごくり、と唾液を飲み込んで喉を鳴らした。

そして、一ミリも悪気のない田中から視線を外して答えた。

「うちは、まだ……かな」


田中に会社まで送ってもらったあと、俺は社長室にこもって溜まっていたメールをまとめてチェックし、そのすべてに返信した。さらに、帰社したばかりの営業部長の小出を呼びつけると、落石のあった農道の現場写真を見せながら、防護柵修繕の仕事を下請けの「田中建設」に振ったことを伝えた。

「つーわけで、この件は、お前に引き継ぐからな」

「はい。承知しました。では、週明けに私から田中社長の方に連絡しておきます」

「おう。よろしくな」

俺は小出の肩をポンと叩いて、社長室から送り出した。

「うっし。これで、今日の仕事は終わり、と——」

小声でつぶやいたら、なんだか、その声が、いつもより部屋のなかで響いた気がして——、俺は、静けさに閉口するのだった。

まあ、いい。とにかく、今日はもう帰ろう。

俺は、ビジネス鞄(かばん)と、田中にもらった日本酒が入った紙袋を手にして社長室を出た。そして、まだ残業をしている社員たちに「んじゃ、お先に！」と、あえて元気よく言いながら社屋を後にした。

外に出た俺は、なんとなく空を見上げた。

初秋の空は高く、夕焼けが目に染みる。

明日もきっと、いい天気なのだろう。

オレンジ色に染まった田舎町を歩き出すと、

「はあ……」

理由のわからないため息をこぼしていた。

このため息は、充実感によるものか。それとも、疲労によるものか。あるいは——。

いやいや、そんなことは考えても無駄だし、面倒だ。

ああ、くだらん。

胸裏でボヤいた俺は、鼻歌を歌いはじめた。

曲は、高校生の頃に流行ったイギリスのロックだ。

よし、やはり今夜は「夕凪寿司」に寄ろう。あそこで美味い寿司を食いながら、さやかと未來と伊助さんを相手に、どうでもいい会話に花を咲かせるのだ。

心でそう決めた俺は、のしのしと大股で住宅地を抜け、風波商店街へと入っていった。そして、肩で風を切るように駅の方へと歩いていると――、

「しゃっちょーさん♪」

ふいに背中に声をかけられた。

振り向くと、行きつけのキャバクラ「マーメイド」で、俺が可愛がっている娘の笑顔が目に入った。

「おお、鮎美ちゃんか。偶然だなぁ」

「社長、いまお帰りですか？」

「おう、そうだよ。じつは、これからさ――」

夕凪寿司に行こうと思ってるんだ、と俺が言う前に、ぎゅっと右腕に抱きついてきた鮎美ちゃんが甘ったるい声を出した。

「やったぁ。じゃあ、一緒にお店に行こっ」

鮎美ちゃんの言う「お店」とは、もちろん「マーメイド」のことだ。

「えっ？　あ、今日は――」

「いいじゃーん。わたし、久しぶりに社長と楽しく飲みたーい。一緒に盛り上がろっ」

「盛り上がるって……」

「だって、なんか今日の社長、いまいち元気なさそうに見えるんだもーん」

鮎美ちゃんのその台詞は、なぜだろう、俺の内側にチクリと刺さって弱い毒を流し込んだ気がした。

「なんだよ。この俺が、元気なさそうに見えるってか？」

俺は、わざと張りのある声を出した。しかし、鮎美ちゃんは、あっさり頷いた。

「うん。なんか淋しそう。社長さん、何かあったでしょ？」

「いや、とくには、無いと思うけどなぁ」

脳裏に田中の顔をチラつかせながら、俺の口はそう答えていた。

「ええ～、嘘だぁ。わたし、そういうの見透かしちゃうタイプだよ」

「だから、嘘じゃねえってば」

「あはは。ま、いいや。とにかくさ、今夜は楽しんじゃおうよ」

底抜けに明るい笑顔を咲かせた鮎美ちゃんに右腕をぐいぐい引っ張られているうちに、なんだか俺も、そういう夜も悪くねえな、という気分になってきて——、

「よし、分かった。んじゃ、今日は、景気良く鮎美ちゃんと飲んで、歌って、モリモリ元気づけてもらうことにするか」

うっかり俺は、元気がないことを認めたような台詞を口にしていた。

「わーい、やったぁ！」

「いま行くぞ。待ってろ、マーメイド！」

「待ってろ、わたしの職場ぁ！」

そして俺たちは、馬鹿っぽく腕を組んだまま、「夕凪寿司」の少し手前にある薄暗い路地へと入っていくのだった。


その夜は、俺にしては珍しく悪い酒になってしまった。

ウイスキーのグラスを椀子（わんこ）そばみたいに空にしながら、鮎美ちゃんと飲んでいるうちに——、そう

いえば今日は夕焼けが綺麗だったという話をして、そこから、明日は晴れるね、という話題になり、晴れたら田中の孫が運動会らしいからちょうどいいと俺が言い、そして、鮎美ちゃんが「孫といえばさ——」と、田中と同じスイッチを押したのだった。

「なんだよ鮎美ちゃん、俺に孫がいるように見えるのか？」

「うん。なんか、めっちゃ可愛がってそうに見えるよ」

「阿呆か。いねえよぉ、そんなもん」

「えー、そうなのぉ？」

「そもそも、俺にはよぉ——『家族』が、いねえんだもん」

するとと鮎美ちゃんが、一瞬だけ、俺の目の奥を覗き込むようにした。

「なんだよ鮎美ちゃん。俺のこと、疑ってんのぉ？」

少し呂律が回らなくなっているのが、自分でも分かる。

「ううん。違うよ」

「じゃあ、いまの視線は、ナニよ？」

「あのね、社長も、わたしの仲間なんだなぁ——って思ったの」

「鮎美ちゃんが？　俺の、仲間ぁ？」

って、そいつは、いったいどういうことだ？

俺は、アルコール漬けになった脳みその隅っこで考えた。

すると鮎美ちゃんは、さらりとした口調で、だいぶ重たいことを口にしたのだった。

「そうだよ。わたしも、パパとママが死んじゃってさ、十八歳の頃からず～っと一人ぼっちだもん」

「え……、そう、なの？」

そんなこと、はじめて聞いたような……。

「うん。うちの両親はね、ほら、夕凪寿司のさやかちゃんのご両親と同じ釣り船に乗ってたから」

え、あの海難事故で亡くなっていたのか——。

脳みその一部に、冷や水をかけられたような気がした。

「えっと……俺、知らなかったわ。なんか、ごめんな」

たしか、あの事故の犠牲者のうち、十数人は地元の人間で、そのなかの半数ほどは、俺の顔見知りだったのだが……。当時は、まだ鮎美ちゃんとは出会っていないし、ましてや、そのご両親のことなど知る由もなかった。小さい町とはいえ、さすがに全員と知り合いというわけではないのだ。

「ううん。ぜーんぜん大丈夫。だって、もう、十五年も前のことだもん。おかげで、わたし、めっちゃ強くなったし」

鮎美ちゃんは右腕で力こぶをつくってみせながら、にっこりと笑った。でも、その笑みが（仕事柄なのか）完璧すぎたせいだろう、むしろ表情の裏側に張り付いた淋しさが透けて見えるようだった。

「強くなった、か……。ちなみに俺は、あの事故の四年前だったかな、嫁と離婚してんだ」

せっかく鮎美ちゃんが、俺のことを「仲間」と言ってくれたのだ。自分のことも少しは話さなければ不公平な気がして（あるいは酩酊していたせいかも知れないが）、ざっくりとでも過去を話すことにした。

「えー、そうなんだ」

「うん。当時、四五歳だったオッサンがよ、それから、ずっと一人暮らしをしてんだぞ。どうだ、偉いだろ」

俺は、少しおどけてみせながら、そう言った。

「えらーい。一人ぼっち界の、わたしの先輩じゃーん」

鮎美ちゃんは、そうやって茶化してくれるのがいい。

優しいのだ、本当に――。


俺が、妻の佐知江と離婚した当時、息子の久成は高校二年生で、娘の樹里は中学二年生だった。

それまでは、とくに悪くもなかったはずの夫婦仲に亀裂が入り、離婚へと進み出したきっかけは、佐知江が中学時代の同窓会に出席したことだった。かつて付き合っていたという同級生の男と久しぶりに会ったことで、佐知江のなかで石化していた「青春」が甦ってしまったのだ。

同窓会の後、佐知江はその男と不倫していた。

そもそも単純で嘘が苦手な佐知江は、何度もボロを出して、俺に「男の気配」を感づかせた。正直、興信所を使うまでもない気がしていたのだが、後々のために、しっかりとした証拠を押さえておく必要があると考えた俺は、隣町の興信所に仕事を依頼した。で、予想通り、不倫の証拠は簡単に出揃った。しかし俺は、そのことは誰にも言わず、何食わぬ顔で生活を続けていた。理由は単純、思春期の子供たちに知られたくなかったからだ。母親が不倫をしていると聞けばショックを受けるだろうし、昔の恋人に妻を寝取られるような情けない男が父親だというのも悲しいはずだ。

そして、ある夜、子供たちがそれぞれの部屋で寝静まったあと、リビングにいた俺に、佐知江が話しかけてきた。

「ちょっと、大事な話があるんだけど――」

そう言って佐知江は、離婚届をテーブルの上に置いた。

すでに心の準備が整っていた俺は、とりあえず「離婚か。ちなみに、どうしてだ？」と訊ねてみた。

すると佐知江は、思いがけず冷淡な口調で言ったのだ。

「あなたは若い頃から仕事、仕事、仕事で、ちっとも家庭を顧みなかったでしょ？　しかも、会社でも家庭でも、ずっと偉そうにしてきたし。そういう傲慢な人と暮らすのは、もう限界かなって思ったの」

他にも、あれこれ言われた気がするが、とにかく、佐知江の胸にある言葉をすべて吐き出させた後に、俺は言ったのだ。

「裁判をするって、本気か？」

「もちろん、本気だけど」

「不倫をしてると、かなり不利になるぞ」

その一言で佐知江は一気に青ざめ、黙り込んだ。

「相手は、中学時代の同級生だってな」

「………」

「子供たちは、どうする？　その男の手前、親権は俺がもらうってことでいいか？」

「し、親権は――、子供たちの気持ちをいちばんに考えないと……」

震える唇で、佐知江はそう言った。

「なるほど。不倫のことは、子供たちに伝えるつもりなのか？」

すると佐知江は、黙って首を横に振った。

「そうか。分かった。そのことは黙っておいてやるよ」

その夜のやりとりは、それで終わった。

それからしばらくして、子供たちに離婚の話を告げると、樹里は「パパなんて大嫌い。わたしはママと行く」と泣き出した。どうやら、あらかじめ佐知江から離婚の理由を聞いていたらしかった。つまり、俺が傲慢だから離婚に至った、と信じているのだ。しかし、性格が穏やかで思慮深い久成は、その場では結論を出さなかった。そして、翌日の夜、俺と二人きりのときにこう言った。

「色々と考えたんだけどさ、お父さんとお母さんは、大人同士できちんと話し合った上で離婚っていう結論に至ったんだもんね。きっと、それぞれに単純じゃない理由があるんだと思う。でも、ほら、俺も一応は男なわけだし、お父さんの代わりに、お母さんを守ってやらないと」

「そうか。久成は、いい男に育ったな。俺は誇らしいよ」

そして俺は、長男の想いを尊重することにしたのだ。


「切ない話だけど、長男くん、かっこいいじゃーん」

鮎美ちゃんが、目をうるうるさせながら言った。

「だろ？」

「ちゃんと、社長の背中を見て育ったんだね」

「まあなぁ。男っつーのは、背中で語るもんだからよぉ」俺は、ガハハと笑って、すでに味が分からなくなっているウイスキーを呷(あお)った。「養育費だって、たっぷり振り込み続けてやったからな」

「さすが、お金持ち！」

「おうよ」

なにしろ、そのために、いや、そのためだけに──、俺は、ずっと、ずっと、ずっと、ただ、ひたすら家族の幸せのためだけに、死に物ぐるいで働き続けてきたのだ。

「養育費の振り込みをな、途中で止めてなるものかって──、俺は、仕事を頑張ってきたわけよぉ」

「社長、本当にかっこいいじゃん」

「ガハハ。なんだよ、鮎美ちゃん。それ、いま気づいたのかよ」

「うん、いま」

「おい、こらぁ」

俺たちは、楽しく、切なく酩酊しながら、鬱々として重たい家族の話をし続けた。

「その奥さん、離婚した後は、どうしたの？」

「まあ、当然っちゃ、当然だけどよ、中坊の頃の恋人と再婚したってよ。長男坊が教えてくれたよ」

「ふうん、そっかぁ。社長、かっこいい長男くんとは連絡取ってるんだね」

「おう。いまでも、時々だけど、二人で飯を食ったりもするぞ」

「長男くん、イケメン？　歳はいくつ？」

「若い頃の俺に似て、そりゃ、イケメンだぞ。年齢は、ええと……三六になったかな」

「うーん、社長に似てるのかぁ」

「おい、本当にイケメンなんだぞ。でも、残念ながらもう既婚者だけどな」

「なーんだ、残念」

と、鮎美ちゃんは、わざとらしく肩をすくめてみせた。

「息子はよ、大学時代にアメリカに短期留学して、そこで知り合ったジェシカと恋に落ちて――」

「まさか、国際結婚？」

「イエース。二年前にな」

久成とジェシカは身内だけの小さな挙式をしたそうで、そのときの幸せそうな写真は、すぐに久成がメールで送ってくれた。

「じゃあさ、社長の孫はハーフじゃん」

「だーかーら、俺に孫はいねえの。つーか、そもそも息子夫婦は、子供はつくらない主義なんだってさ」

聞いたところによると、ジェシカの両親もかなり夫婦仲が悪かったようで、目を覆いたくなるようなひどい別れ方をしたらしい。もしかすると息子とジェシカは、それぞれが親のせいで「子供のいる家族」というものに理想を抱けないのかも知れない。

「そっかぁ。じゃあ、娘さんの方は？」

「あいつは、知らん。まったく音沙汰(おとさた)がねえからな」

樹里のことを考えたら、とたんに、ぐっと酔いが深まってくる気がした。

「え、そうなんだぁ」

「なんだか、五年前に結婚したらしいんだけど、それも長男から聞いた情報だからよ……」

かつての俺は、樹里のことを、それこそ親馬鹿だと揶揄(やゆ)されるほどに溺愛(できあい)したものだった。なのに、結婚することも知らされず、当然、式に招待されることもなかったのだ。まあ、佐知江と不倫していた男が、法的には樹里の「お父さん」ということになっているのだから、きっと、そいつがウエディングロードを歩いたのだろう。

「ったく、クズ野郎のくせに、ふざけやがって――」

酩酊していた俺は、天井に向かって暴言を吐いていた。

それに驚いた鮎美ちゃんが、大きな目をパチクリさせた。

「えっ、なに？　急にどうしたの？」

「あ？　ああ、すまん、すまん。ついね、嫌なことを考えちまってよぉ」

ウイスキーを、がぶり、と呷る。

鮎美ちゃんが、グラスに氷を足してくれる。

「ねえ、その娘さんとは会ってないの？」

「あいつは、もう、俺の娘じゃねえからな」

「そんなこと思ってないくせに。本当は心配だし、ちゃんと可愛いと思ってるんでしょ？」

俺は胸の痛みを無視して、フフン、と鼻を鳴らした。

「まあ、顔は、可愛いな――」

目鼻立ちとか、鮎美ちゃんとよく似てるし。

年齢も三三歳で、鮎美ちゃんと同じだし。

だから俺は、ついつい鮎美ちゃんを可愛がってしまうし、鮎美ちゃんには下品なこと（エロいこと）はしねえって決めてんだぞ。

脳みそがアルコールにプカプカ浮かんだ状態の俺は、声に出さずにつぶやいていた。

「ねえ、社長、ちょっと酔いすぎた？　大丈夫？」

鮎美ちゃんが、俺の腕を支えるようにして言った。

「ったく。今夜は、ちぃと酔っ払っちまったなぁ」

「まあ、でも、たまには、こういう酔い方をしてもいいかも」

「そうかい？」

「うん。社長、人間らしくて好きだよ」

「おっ、愛の告白」

「あはは。つーかさ、酔い覚ましに、わたしたち『一人ぼっち同盟』で、デュエット曲でも歌う？」

「おう、もちろん」

「じゃあ、曲は、何がいい？」

「曲かぁ……、うーん……」と言ったときには、もう、世界がぐるぐると回りはじめていた。「俺は、もう――、鮎美ちゃんが幸せになる歌なら、なんでもいいよ」

「ちょっと、社長、イケメンっぽい台詞、言わないのぉ」

視界の隅っこで笑う鮎美ちゃんの顔がぐにゃりと溶けて、中学二年生の頃の樹里の顔とダブって見えた。

ああ、本当に、ナニやってんだ、俺は……。

そう胸裏でつぶやいたときにはもう、俺の記憶は、甘やかで重たい夜の底へと沈んでいたのだった。


鮎美ちゃんに見送られてキャバクラ「マーメイド」を後にした俺は、ふらり、ふらり、と千鳥足で帰途についた。

昼間は蒸し暑かった九月の風も、この時刻になるといくらか涼しくなってくる。見上げた夜空には天の川が架かっていたが、その白濁した川は、ぐにゃぐにゃと蛇行するマッコリの川に見えた。

さすがに、ここまで酔っ払ったのは久しぶりだな……。

俺は、たまたま寄りかかった自販機でスポーツドリンクを買い、それを握りしめたまま、なんとか自宅まで辿(たど)り着いた。

鍵穴に鍵を差し込むのに難儀しつつも玄関の引き戸を解錠し、なだれ込むように家のなかへと入る。

離婚してからしばらくの間は、酔うと、うっかり玄関で「ただいまぁ」などと声に出したりしていたが、さすがに年月を経たいまは、そういう悲しいミスを犯すことはなくなった。

とりあえず、タイマーで冷房をかけてあるリビングに入った。手にしていたビジネス鞄と日本酒の入った紙袋をテーブルの上に放り、そのままドスンと椅子に腰を下ろす。

「なんとも、いやはや……」

俺は意味のない言葉をこぼし、手にしていたスポーツドリンクをごくごくと飲んだ。酒で熱っぽくなっていた食道から胃にかけて、ひんやりとした感覚が伝い落ちていく。

「ふう……」

いくらか人心地がついた俺は、ふと耳をそば立てた。

リビングに微かな水音が響いていることに気づいたのだ。

てん。てん。てん。てん……。

どうやらキッチンの水道の栓をしっかり閉めていなかったらしい。

今度は胸裏で、いやはや……、とつぶやいて立ち上がると、そのままふらふらとキッチンまで歩いていき、水道の蛇口を閉めた。

次に聞こえてきたのは、エアコンが起こすかすかな風の音だった。

ったく、こんな音まで響くのかよ……。

そう思ったら、見慣れたはずの天井が、やけに高く感じた。

キッチンも、リビングも――、いや、そもそもこの家は、独り者の俺には広すぎるのだ。

リビングに戻った俺は再び椅子に腰を下ろし、昼間にお邪魔した田中の家の様子を思い出した。雑然としたリビング。安っぽいサイドボード。その上には、幸せそうな家族の写真がびっしりと飾られていた。

　この家のサイドボードは田中の家の物よりも、はるかに高級品だしサイズも大きい。なかには高価な食器やグラス類がびっしりと並べられている。しかし、その扉を最後に開けたのは——、多分、もう十年以上も前のことだ。サイドボードの上には何もない……、いや、よく見ると使い古しの老眼鏡がひとつ、ぽつんと取り残されたように置かれていた。

　俺は両手をテーブルの上に置いて、小さくため息をついた。

「眼鏡。お前も独りか。はあ……」

　この部屋は、一年中ひんやりしている。

　エアコンのせいではなく、部屋の「有り様」が冷ややかなのだ。流行りのミニマリストかと言われそうなくらいに物が無いせいか、生活感が皆無で、結果、人の住む家が醸し出すはずの「ぬくもり」のようなものが欠けているのだろう。

　明日、田中は孫の美梨ちゃんの運動会に行くと言っていた。奴は、そこで、さらに写真を撮りまくり、きらきらした幸せな瞬間をサイドボードの上に飾るのだろう。そして、あの空間は、いっそうぬくもりで満ちていくに違いない。

　俺だってよ——、昔は家族の写真をこれでもかってくらいリビングに飾ってたんだからな。しかも、田中になど絶対に負けない立派なアルバムを作っていたのだ。なんなら、ちょっくら、当時のアルバムを久しぶりに開いてみるか。

　つーか……、あれ？

　あの写真って、どこにしまったんだっけ？

俺は酒精でトロトロになった頭で考えて――、思い出した。

子供達が寝ていた部屋の押入れの、いちばん奥の角に押し込んだのだった。

家族の写真を見ようだなんて、二度と考えないように。

万一、考えてしまっても、実際に見たりしないように。

そうだった。思い出の残滓は、きらきらしたものほど奥へと仕舞い込んだのだ。そして、綺麗さっぱり「なにも無い家」になってしまった。

「見ないなら、捨てりゃいいのによ……」

静かすぎる空間につぶやいた俺は、なぜか「へへ」と自嘲ぎみに笑っていた。そして、冷ややかな空間の真ん中で、冷たいスポーツドリンクをごくごくと胃に流し込むのだった。


翌日の昼過ぎ――。

俺はメルセデスに乗って隣町へと繰り出していた。

海を見渡せる小さなカフェ「シーガル」で、少しばかりのんびりしようと思ったのだ。

コロン、と甘い音のするドアベルを鳴らして店内に入った俺は、いつもの窓辺の席へと歩きながら店主に声をかけた。

「直斗、アイスコーヒーな」

「はい」

カウンターのなかで応えたサーファーの直斗が、愛想よく微笑んでみせる。

普段、この店は、わりと繁盛(はんじょう)しているのだが、ありがたいことに今日は俺の他に客がいないようだ。貸切か。いいね——。

胸裏でつぶやきながら、いつもの席に座った俺は、無意識に「ふう」と短く嘆息した。そして、目の前にある大きなガラス窓を見た。

磨(みが)き込まれたガラスの向こうに広がるのは九月のビーチだ。

白砂の渚とブルートパーズ色の海原は、未だ盛夏のようにきらめいているのに、夏休みが終わったいまは、ひとけがなく閑散としていて、風景には物哀(ものがな)しさが漂っていた。

この店は、一人で静かに考えごとをしたいときや、逆に何も考えたくないときに使うことにしている。地元の連中のあいだでは野菜カレーが評判らしいが、まだ俺は食べたことがない。今日は、試しに食べてみようか、とも思っていたのだが、二日酔いで胃が荒れているので、やめておくことにした。

軽くこめかみを揉(も)んだ。

まだ頭痛も残っているのだ。

それにしても、昨夜は年甲斐(としがい)もなく飲みすぎたな……と、反省していると、直斗がアイスコーヒーを運んできた。

「お待たせしました」

「おう、サンキュ」

「ごゆっくりどうぞ」

いつものように直斗は余計なことを言わずにカウンターの奥へと下がってくれた。

ストローで氷をくるくる回した俺は、再び窓越しの風景をぼんやりと眺めた。

すると、さっきまで無人だった渚に、若い男と四歳くらいの幼い女の子が手を繋いでやってきた。父娘（おやこ）に違いない。

俺はアイスコーヒーを飲みながら、無声映画でも観るように、その父娘の様子をぼんやりと目で追った。

砂浜のなかほどで娘の手を放し、急に走り出した父親。

それを娘が無邪気に追いかける。

父親は、十メートルほど先で振り返ると、娘に大きな笑顔を向けながら白砂に膝をついた。

そこに、両手を広げた娘が飛び込んでいく。

娘を受け止めた父親は、そのままひょいと抱き上げ、さらに向きを変えて今度は肩車をした。

キャッキャという娘の歓声が聞こえてくるような光景だ。

気づけば、俺の頰は緩み、口角も上がっていた。

いい父娘。そして、今日は天気もいい。

いま頃、田中は、孫娘の運動会で写真を撮りまくっているのだろう。

俺は、つまんでいたストローから指を離した。

と、そのとき、シャツの胸ポケットに入れておいたスマホが振動した。電話だ。

俺の頭は、一瞬にして仕事モードに切り替わった。休日でも、問題が発生すれば当然のように電話はかかってくる。

スマホを手にして画面を見た。

しかし、そこに表示されていたのは「久成」という息子の名前だった。

「もしもし」

「あ、もしもし、父さん？　俺だけど」

「おう。どうした？」

「いま、電話して大丈夫？　忙しかったら、後にするけど」

息子は、相変わらず気遣いをする男だ。

「いや、大丈夫だよ」

「そっか」

「おう」

「父さん、いま、なにしてるの？」

「なにって……、喫茶店でアイスコーヒーを飲んでるところだよ」

「一人で？」

「なんだよ、一人じゃ悪いか？」

俺は、少し冗談めかしてそう言った。

「あはは。悪くないけどさ」

「けど、なんだよ」

「いや、べつに」

「お前、また余計なことを考えてんじゃねえだろうな？」

「え、考えてないよ」

「ホントか？」

「ホントだって」

つい先月、久成に電話で言われたのだ。「父さん、ずっと一人で淋しくないの？　もし、いい人がいたら再婚したら？」と。

「じゃあ、今日は何の用だ？」

「ああ、えっと……、べつに、父さんが淋しそうだとか、そういうのとは関係ないんだけどね」

「はぁ？」

なんだ、この回りくどい前置きは。

「もうすぐさ、父さんの誕生日でしょ？」

「ああ……、そういえば」

そうだった。今月の後半、俺は、またひとつ余計に歳を取ってしまうのだ。

「六五歳になるんだっけ？」

「だな。俺も、もう、いい爺(じい)さんだ」

投げやりな感じで言ったら、久成は電話の向こうでくすっと笑った。

「そりゃそうだよ。俺も、来年は三七歳の『いいオッサン』なんだから、父さんも歳を取るって」

「まあ、時間は平等に流れてるからな――っていうか、お前、結局、用事は何なんだよ？」

「あ、うん。えっとね、ようするに、父さんの誕生日のお祝いをしたいなって思って」

「はあ？」

何なんだ、急に？

「ほら、まだ、うちのジェシカを父さんに会わせてないでしょ？」

「まあ、それは、そうだけど……」

と答えた俺の脳裏には、佐知江と結婚した男、つまり久成の義父の存在が影のように浮かんだ。

「だから、ジェシカを紹介しがてら、俺も久しぶりに風波町に帰省して、ちょこっとお祝いでもさせてもらおうかなって」

「なんで、また、いまさら――」

それに、こんな狭い町に金髪の女の子が現れて、俺の義理の娘だなんて言ったら、町の連中があれこれ尾ひれを付けて噂を流すに違いない。

「いまさら、になっちゃって申し訳ないとは思ってるんだけど。やっぱり父さんには、あらためて、ちゃんと紹介しておきたいかなって」

「久成、お前――」

「ん、なに？」

「嘘、ついてるな？」

「え？　嘘なんて、ついてないけど」

「じゃあ、何か、隠してるだろ？」

やっぱり、どう考えても不自然だ。いきなり俺の誕生日を祝おうとか、久しぶりに風波町に帰省するとか、嫁さんを連れてくるとか、何もかもが唐突すぎる。

「隠してないって。ただ――」

「ただ、何だよ？」

「えっと」と言ったとき、電話の向こうで息子がひとつ深呼吸をしたような気配があった。「俺、この間、樹里と会ったんだよね」

「………………」

俺は、離婚して以来、樹里とは一度も会ったことがないし、話をしたことすらない。だから俺は、次に久成が発するであろう言葉に少し身構えた。

「ジェシカと一緒に樹里の家に呼ばれてさ、夕飯をご馳走になりながら、久しぶりに色々と話したんだけど」

「………」

「ほら、樹里も、風波の家を出てから、ずっと父さんとは音信不通でしょ？　でもさ、あれから随分と長い時間が経ってるわけだし、そろそろ雪解けの季節が来てもいいかなって。そんなわけで――」

雪解け、だと？

「おい、久成」

俺は、息子の言葉を遮った。

「ん？」

「お前、もしかして――」

「言ってないよ」

今度は、久成が俺の言葉を遮った。

俺と佐知江が離婚をした本当の理由――、つまり、佐知江の浮気に関しては、久成には伝えたものの、まだ樹里には内緒にさせているのだ。


二年前――。

久成が、ジェシカとの結婚報告の電話をくれたとき、すでに三四歳になっていた息子は、あらたまってこう言ったのだ。

「ねえ、父さん。俺の結婚の報告のついで、というのもアレだけどさ、父さんと母さんの離婚の本当の理由、そろそろ教えてもらってもいいかな？　俺も、いい歳になったし、これからジェシカと結婚生活をしていく上で、ちゃんと知っておきたいなって」

　そして、そのとき、はじめて俺は、息子に真実を伝える決意をしたのだが、「ただし——」と、ふたつの条件を付けたのだ。

「真実を知っても、お前は素知らぬ顔を続けて、母さんとの関係を壊すなよ。あと、樹里には絶対に内緒だからな」

　理知的で淡々とした性格の久成に伝えるのは問題ないだろうが、感情的な樹里が真実を知ったら、母娘関係にヒビが入ってしまうかも知れない。

「うん。わかった。約束するよ」

　男と男の約束を交わしたうえで、俺は、久成に真実を話したのだ。

　つまり、自分は、他所の男に妻を奪われた情けない男である、ということを。


「本当に、樹里には言ってないんだろうな？」

　俺は、念を押した。

「もちろん、本当だって」

「…………」

「なに、疑ってるの？」

「うーん……」

　疑いたくもなる。なにしろ話が突飛で急すぎるのだ。

「俺、いままで父さんに嘘をついたことなんてないし、そもそも嘘をつくタイプじゃないでしょ？」

「まあ、それは、そうだな」

俺はスマホを耳に当てたまま、二度頷いた。

「とにかくさ、次の日曜日って、父さん仕事休みでしょ？」

久成が、話題を元に戻した。

「そりゃあ、休日だからな――」

「よかった。じゃあ、俺がお店の予約を取っておくから」

久成は、先を急いているように言った。

「お店の予約？」

「うん。だって、我が家で『お祝い』といったら『夕凪寿司』でしょ？」

「は？　ちょ、ちょっと待て」

「なんで？　あの店じゃ駄目なの？」

「いや、そういう……」

駄目だ。絶対に。あの店の常連たちに離婚の話を聞かれたりするのは嫌だし、あらためて大きくなった息子やジェシカを紹介するのも気恥ずかしい。しかも、久成は樹里を連れてくるかも知れないのだ。そうなったら、どんなハプニングが起こるか予想もつかない。

「父さん、昔よく言ってたじゃん」

「……………」

「祝いの席は寿司に決まってるって」

「そんなこと――」

「言ってたよ。しょっちゅうね。『寿を司る』って書いて寿司だ。だからお祝いは縁起をかついで絶対に寿司屋でやるんだって」

「…………」

言われてみると、たしかに、当時は、そんなことを言っていた気がする。

「家族の誕生日が来るとさ、父さん、いつも『夕凪寿司』に連れていってくれたよね？」

「…………」

「だから、父さんの六五歳のお祝いも、やっぱり『夕凪寿司』でやりたいんだよ。だから、いいよね？」

「いいよねって、お前。そんな勝手に――」

「じつは、もう先方に無理を言って、当日、『夕凪寿司』に生モノを届けてもらうよう手配しちゃってるんだよね」

「は？　なんだよ、先方って」

「先方は、先方だよ。父さんには、まだ内緒だから」

そう言って、むふふ、と笑った久成の話し方からすると、これはどう考えても俺へのプレゼントだろう。それにしても「生モノ」のプレゼントって……。

「つーか、お前、俺のスケジュールを聞かずに『夕凪寿司』に予約しちまったのか？」

「うん。とりあえず、次の日曜日に席の空きがあるかどうかだけ確認して、仮押さえをしただけだよ」

「お前なぁ……」

いつになく強引な久成に、俺は少し苛立ちはじめていた。

「じゃ、いいよね、次の日曜日で」

「駄目だ」

ぴしゃり、と俺は言った。

「え？」

「俺は、そんなのには行かねえぞ」

「え、何で？　せっかくジェシカと樹里と会えるんだよ？」

「だから、いつ俺が樹里と会うなんて言った！」

「ちょ……、父さん、落ち着いてよ」

久成の言葉で、自分の声のヴォリュームに気づいた。

思わず、周囲を見回す。

店内には、いつの間にか数人の客が入っていて、皆そろってこちらを見ていた。

カウンターのなかの直斗とも目が合った。

俺は片手を顔の前に立てて直斗に、スマン、とやった。

「父さん、カフェにいるんだよね。そんな大声を出して大丈夫？」

「う、うるさい……。余計な心配だ」

と、今度は小さな声で返した。

「ってかさ、なんで父さんは、樹里のこととなると、そんなに意固地になるわけ？」

呆れたように久成が言う。

「俺は、別に――」

意固地になっているつもりは、ない。

「別に、なに？」

「あいつは……、樹里は……、現状、俺の娘じゃないだろ」

そもそも樹里は、俺に、結婚したことすら知らせてこないではないか。しかも、いまの樹里の父親は、俺の妻を寝取った男だ。法的にも、そういうことになっている。そういう関係性になったのだ。

それが現実だ。仕方ないじゃないか。

「ねえ、父さん」

俺は、声に出さず、胸のなかであれこれボヤいていた。

久成は、少し穏やかな声を出した。

「もういい」

「え？」

「伝えたいのは、それだけか？」

「いや、だからさ」

「なら、話は終わりだ」

「ちょっと、父さんってば」

「生モノだかなんだか知らんけど、それも店の予約も、すべてキャンセルしといてくれ」

「キャンセルって、そんな――」

「じゃあな」

と言葉をかぶせて、俺は一方的に通話を切った。

「ふう……」

スマホをシャツのポケットに戻す。

俺は目の前のストローに吸い付いて、氷が溶けて薄くなったアイスコーヒーをごくごくと勢いよく飲んだ。

すぐに、ジュルル……、と虚しい音が鳴った。

まだ、そんなに飲んだ気はしていないのに、グラスの中身は氷だけになっていた。

「直斗」

俺は、後ろを振り返り、カウンターのなかで食器洗いをしている店主を呼んだ。

「はい?」

「同じの、おかわりな」

「はい。承知しました」

店の外壁と同じ水色のエプロンをかけた直斗は、軽く微笑みながら愛想よく返事をしてくれた。

俺は再び前を向き、窓ガラスの向こうに視線を送った。

抜けるような青空と、清々しい海のブルー。

まばゆい水平線には、相容れないふたつの青が延々と左右に伸びている。

もこもこと盛り上がる入道雲。

そして、白砂の上では相変わらずさっきの父娘が幸せそうに戯れていた。

俺は、すっと父娘から視線をそらした。

ささくれ立ったような気分をなんとかしたくて、深呼吸をしてみたり、空っぽのグラスのなかに残された氷をストローでくるくる回してみたりした。しかし、胸のなかのもやもやは増幅していくばかりだ。

仕方なく俺はポケットにしまったスマホを再び取り出して、インターネットのニュースサイトを読むことにした。

と、視界の隅から声がした。

「おかわり、お待たせしました」

直斗がアイスコーヒーを持ってきてくれたのだ。

「おお……」

俺はスマホから顔を上げて直斗を見た。

いつもなら、ごゆっくりどうぞ、などと言って下がるのだが、今日の直斗は違った。

「こんなにいい天気なのに、南から低気圧が近づいてきてるらしいですよ」

珍しく、天気の話などをしはじめたのだ。

「そうか。じゃあ、このあと、雨が降るのか？」

「夕方くらいに、一気に荒れ模様になるみたいです。ぼくには嬉しい予報ですけどね」

「嬉しい？」

「はい。サーフィンをやるんで、波が高くなってくれると」

「なるほど。むしろ、都合がいいわけだ」

「ええ」

荒れ模様の天候に困る人がいれば、逆に喜ぶ者もいる。

「じゃ、ごゆっくり」

直斗が踵を返しかけたとき、俺は無意識に呼び止めていた。

「おい、直斗」

「はい？」

「ここは、野菜カレーが美味いんだってな」

すると直斗は、素直に嬉しそうに目を細めた。

「はい。おかげさまで人気メニューです」

「そうか」

「まだ少しだけカレーの材料が残ってますけど、よかったら召し上がりますか？」

「うーん……、いや、今日は、ちょっと二日酔い気味なんだ。また今度、食べさせてもらうよ」

「そうでしたか。じゃあ、ぜひ今度、召し上がってみて下さい」

「うん」

そこで会話が途切れた。

直斗は「では」と言って、今度こそカウンターの向こうに戻ってしまった。

それから俺は、また、とくに読みたくもないニュースを読んだり、面白くもないゲームをやってみたりしながら時間を潰した。

しばらくして、ふと顔をあげると、窓の外の父娘の姿が無くなっていることに気づいた。

これで、ようやく、いつものように海原を眺めながら、ぼうっとしていられる——。

胸を撫で下ろしつつアイスコーヒーを飲もうとすると、シャツのポケットに戻したばかりのスマホが短く振動した。

今度はメールだ。

もしかすると、久成かも知れない。

だとしたら、読まなければいい。

そう考えて、俺はスマホを手に取った。

しかし、差出人は、思いがけず「夕凪寿司」のさやかだった。件名には「まひろちゃんから聞きました♪」とある。

まひろから？　いったい何を？

気になった俺は、メールを開いてみた。そして、本文に目を通そうとした刹那——。

ブーン。

いきなりスマホが振動したので、驚いて端末を落としそうになった。「夕凪寿司」から電話がかかって来たのだ。

「もしもし」

「こんにちは、さやかです」

「おう。なんだよ、いま、メールを読もうと思ってたところなのに」

「うふふ。ごめんなさい。ちょっと社長さんにお聞きしたいことがあって、電話の方が早いかなって」

「聞きたいこと？」

「はい」

「っていうか、聞きたいのは俺もだぞ。まひろから聞いたって、何のことだ？」

「あ、まさにそれなんですけど、もうすぐ社長さんの会社、三〇周年なんですって？」

「おお。まあ、そうだけど」

「それを、さっき、ランチを食べに来てくれたまひろちゃんから聞いたんです。そしたら、うちのおじいちゃんが『だったら、みんなで祝おうじゃないか』って」

「うちの会社を？　お前らが？」

「はい。いつもみたいに常連さんを集めて」

「社長さんの会社は、この町のあちこちに貢献してくれてるって。せっかく社長と仲良しなんだから、内輪でお祝いしようって盛り上がったんです」

「なるほど」

普段は軽口ばかりの連中に、そう言ってもらえるのは素直に嬉しいし、ありがたくもある。そして、久成の企画したお祝いとは違って、こっちのお祝いは何も考えず、純粋に楽しめそうだ。

「次の次の日曜日あたりがいいんじゃないかって、常連さんたちとは話してたんですけど、社長さんのご都合はいかがですか？」

「その日なら、うん、大丈夫だな」

「よかった。じゃあ、企画しますね」

「おう。さやか」

「はい？」

「ありがとな」

「いえいえ。あ、そういえば――」

「ん？」

「今日、社長さんの息子さんから、お店に二度、電話が入りましたよ」

「ほう。珍しいな」

俺は反射的にとぼけていた。

「ですよね。すごく久しぶりだったので、びっくりしました」

「で、あいつ、何か言ってた？」

俺は声色が変わらないよう心を砕きながら訊ねた。

「次の日曜日の仮予約と、それをやっぱりキャンセルしたいって」

「そうか」

「社長さん、息子さんから何か聞いてます？」

「いや、なにも――。まあ、アレだ。最近は、あいつも仕事が忙しいみたいだし。悪いな、さやか」

「いえいえ。こちらは大丈夫ですので、お気になさらないで下さい。それより三〇周年の方ですけど――」

さやかは、いつものようにふわふわした口調で続けた。

「せっかくのお祝いですから、社長さんに喜んでもらえるようなサプライズを仕掛けたいなぁ」

「サプライズ？」

「はい」

「おいおい、それ、俺に宣言しちゃ駄目な奴だろう」

「あっ！　たしかに。そうですよね。うふふ」

「お前は、相変わらずふわふわしてるよなぁ」

「うふふ。反省します。あ、ちなみに、ですけど」

「ん？」

「お祝いの当日に、これは食べたい！　っていうリクエストはありますか？」

「うーん、そうだなぁ……」

俺は椅子の背もたれに寄りかかって考えた。そして、誰もいない渚を見ながら答えた。

「久しぶりに、ちらし寿司、かな」

「ちらし寿司——、いいですね。じゃあ、わたし、腕によりをかけて作ります」

「おう。楽しみにしてるよ」

「じゃあ、詳細が決まったら、またご連絡しますね」

「オッケー。さやか、ありがとな」

「いえいえ。じゃあ、失礼致します」

そこで通話を終えた。

俺はスマホをテーブルの上にそっと置いて、胸裏でつぶやいた。

あれよあれよで、あっという間の三〇周年か……。

いい時もあれば、悪い時もあった。

得たモノもあれば、失ったモノもある。

それでも、まあ、何はともあれ——、俺が腹を括って立ち上げ、必死に育ててきた会社の存在を祝ってくれる地元の仲間がいるのだから、悪くはない。いや、いまの、このホクホクした気分からすると、さやかからの申し出は「救い」とでも言うべきだろうか。

考えながら、俺は、アイスコーヒーに口をつけた。

すでに氷の半分が溶けて薄まったはずなのに、なぜかさっきよりも美味く感じる。

「直斗」

俺は、後ろを振り向いて店主を呼んだ。

「はい?」

カウンターのなかで、直斗が意外そうな顔をした。いつもならアイスコーヒー一杯で席を立つ俺が、座ったまま、再び直斗を呼んだのだ。

「やっぱり、野菜カレー、食べてみるわ」

さやかの電話で、なんだか胃腸の具合まで改善してきた気がしたのだ。

しかし、直斗は「えええ……」と言いながら、形のいい眉をハの字にしたのだった。

「ほんの、いまさっき、最後の一杯をお出ししちゃったんですよ」

「え……」

「なので、今日は、もう材料が」

「無い、か――」

「はい。すみません」

直斗が謝ると、カウンターに座っている若い女性二人組がこちらを振り向いて「ごめんなさい」と、申し訳なさそうに会釈した。どうやら、この二人が、本日最後のカレーを食べているらしい。

「ああ、いやいや、こちらこそ申し訳ない。気にせず美味しく食べて下さい」

俺は後頭部を掻きながら、女性たちと直斗に向かって会釈を返した。

人生はタイミングだ。

チャンスを逃した自分が悪い。

他人を責めても何もはじまらない。

ただし――、
逃したチャンスは、いつか再び摑みに行く。

それまでは虎視眈々（こしたんたん）とタイミングを窺い続ける。

そして「そのとき」が来たら、今度こそ全力でモノにする。

長年、経営者をやってきて学んだ教訓は、これだ。

「また今度、食べさせてもらうよ」

俺は直斗にそう言って、今度こそ席を立った。


約束の午後六時ちょうど。

俺は、夕凪寿司の前に立っていた。

店先には「本日貸切」の立て看板。

貸切って――、おいおい、あいつら、そんなに本気で祝ってくれるつもりだったのかよ。

「こりゃ、まいったな……」

俺は、照れ臭さをひとりごとで緩和しながら、馴染みの暖簾をくぐった。すると、さっそく照れ臭すぎる台詞をクマちゃんが叫ぶのだった。

「おおっ、主役のご登場ですよ。はい皆さん、拍手！」

狭い店内は、いきなりの拍手喝采となった。

「なんだよ、大袈裟な出迎えだなぁ」

さすがに気圧された俺は、とりあえずカウンター席を見渡した。

手前から、クマちゃん、拓人、龍馬、鮎美ちゃん、ひと席空いて、まひろ、そして伊助さん。カウンターのなかには、さやかと未來が俺に笑顔を向けている。

うん。やっぱりホームだ、ここは――。

俺は、心の底からホッとしながら鮎美ちゃんとまひろの間の席に腰を下ろした。そして、照れ隠しの駄目押しを口にした。

「いやぁ、俺は今日も両手に花だなぁ」

するといつものように龍馬がツッコミを入れてくる。

「社長、なんだかそれって、いつもモテてるみたいな言い方じゃないすか」

「なぬ？」

俺は、龍馬をギロリと睨む。

「でも、まあ、しゃーない。今日だけは社長が主役なんで、スルーしてあげます」

「馬鹿野郎。俺はいつだってモテモテだぞ。なあ、鮎美ちゃん」

「もちろん、モテモテですよ。ただし、うちのお店に来たときの『玄人限定モテ』ですけどね」

「おいおい、鮎美ちゃん、そりゃないよぉ……」

俺が、わざと情けない声を出すと、まひろが横から口を挟んできた。

「あ、でも、社長って、パッと見は怖そうだけど、じつは優しい人だよね〜って、うちの女子社員の人たちは言ってますよ」

「おお、さすがうちの社員たちだ。人を見る目がある。しかも、その噂話をこの場でちゃんと伝えてくれたまひろ」

「はい」

「お前の成長は著しいな」

いろんな意味で、本当に素晴らしい。

「ありがとうございます、社長」

「おう」

「では、次のボーナス、期待してまぁす」

と言って、にっこり笑ったまひろの返しに、店内はワッと盛り上がった。

それにしても、出会ったときは、ひたすらおどおどしていたあのまひろが、こうして常連たちの軽口合戦に交じれるようになったのだ。人は、出会うべき人と出会えさえすれば、こんなにも短期間で変われる。そして、人生を一変させられる。俺は、愉しそうに目を細めるまひろを見て、しみじみ感慨深くなってしまうのだった。

そうこうしているうちに未來が皆の前にグラスと瓶ビールとお通しを出してくれた。そして、互いにビールを注ぎ合う。

「それでは、皆さ〜ん」カウンターのなかで、さやかがしゃべり出した。「本日は、常連の皆さんと一緒に、社長さんの会社の三〇周年記念をお祝いさせて頂こうと思うのですが、ついでと言ってはなんですが、社長さんの六五歳の誕生日もお祝いしちゃおうと思いま〜す」

「よっ、四捨五入したら七〇歳！」

さっそく龍馬が茶化してきたのだが、俺はそれをスルーしてさやかに訊ねた。

「おい、どうして俺の誕生日なんて知ってんだ？」

すると、さやかは「うふふ」と笑って言ったのだ。

「どうしてかと言いますと、それは、これからお見せするサプライズで分かります」

はぁ？　サプライズ？

俺が首を傾げた次の瞬間、フッと店内の照明が落ちて薄暗くなった——、と思ったら、誰からともなく『ハッピー・バースデー・トゥー・ユー♪』と歌いはじめた。

「おいおい、なんだよ。この歳になって、こういうのは、さすがに恥ずかしいって」

照れまくりながら俺が言うと、みんなはいっそう嬉しそうな顔をして歌声のヴォリュームを上げるのだ。

ふと見ると、未來がカウンターの背後にある白い暖簾をめくり上げた。その暖簾の奥の厨房から、火のついたロウソクを立てたホールケーキを大柄な男が運んできた。

ん——、誰だ？

その男の顔が、ロウソクの炎で揺らめいた。

「えっ……」

俺は、思わず声を失った。

「会社の三〇周年と六五歳の誕生日、おめでとう、父さん」

カウンター越しに立った久成が、にこにこ顔でそう言っていた。

「お、お前、何で……」

「いいから、早くロウソクの火を吹き消してよ」

久成はホールケーキをそっと俺の前に置いた。

みんなの歌声がさらに大きくなってくる。

ここでゴネても仕方がない。

とにかく俺はケーキに顔を近づけて、ひと息で炎を吹き消した。

ピュウと誰かが指笛を吹き、おめでとう、おめでとうございます、金光建設サイコー、四捨五入して七〇歳のおじいちゃーん、などと、祝いとひやかしの声が飛び交う。そして、店内が拍手で満たされ、再び照明が点いた。

拍手が静まると、俺はあらためて久成を見てから、その視線をさやかに移した。

「おい、さやか。なんだよ、これ。聞いてねえぞ」

「うふふ。ごめんなさい。でも、せっかく息子さんから誕生日のお祝いのご提案を頂いたので、どうせなら一緒にって」

「俺が、さやかさんに頼んだんだよ」

「久成が？」

「うん。電話で父さんに断られたあと、さやかさんに予約キャンセルの電話をしたんだけど、そしたら、その翌週に会社の三〇周年のお祝いをやろうと思ってるって聞いて。だったら俺にサプライズをさせて欲しいって」

そういうことか――。

「久成、お前なぁ……」

やれやれ、と嘆息したら、照明係をやっていたらしい未來が厨房から戻ってきて言った。

「社長さん、家族に祝ってもらえるなんて、幸せじゃないですか」

そうだ、そうだ、と常連たちがひやかす。

「さ、さ、久成さんも席に着いて下さい」未來は、久成の背中をそっと押して厨房から外に出した。そして、続けた。「このケーキは食後に頂くということで、それまでは冷蔵庫に入れておきますね」

「未來さん、ありがとうございます」

久成は、丁寧にお礼を言いながら厨房から出ると、俺の背後を通り抜けて、いちばん奥の席に腰掛けた。

「いやぁ、それにしても、昔はイガグリ頭のちびっ子だった久成くんが――、こんなに立派な青年になるんだもんなぁ」

伊助さんが我が子を見るように目を細めて、隣に座った久成の肩をぽんぽんと叩いている。

「あはは……。ありがとうございます。でも、僕からしたら、昔はおかっぱ頭のちびっ子だったさやかちゃんが、いまや夕凪寿司の立派な大将になってるのがびっくりです」

「わたしは、立派どころか、まだまだですよ。うふふ」

さやかの謙遜はふわふわしていて、あまり謙遜に聞こえないのが面白い。

「にしても――」しげしげと久成を見て、拓人が言った。「やっぱり、顔のパーツが、ちょっぴり社長と似てますね」

「当たり前だろ。俺の息子なんだから」

すると、俺の言葉を受けて、クマちゃんが久成に言った。

「久成くんはイケメンだから、この社長と似てるって言われるのも……ねぇ？」

「おい、クマちゃん、それ、どういう意味だよ？」

みんながくすくす笑いはじめたところで、未來がよく通る声で言った。

「それでは、みなさーん。ビールがぬるくなっちゃうので、先に乾杯しちゃいましょう。というわけで、まずは主役の社長さんからひとことお願いしまぁす！」

「おいおい、いきなり挨拶しろってか」

正直、俺としては、まだ、この場に久成がいることが腑に落ちていないのだが……、まあ、ここまで来たら、もはや仕方あるまい。

俺は、ゆっくりと椅子から立ち上がり、みんなの顔を見渡した。

「ええ、まあ、アレだ。正直いうと、こうやって、あらたまって、みんなからお祝いをしてもらうってのは、かなり照れ臭いし――、いきなりの息子の登場には驚いたけど」

「だって、サプライズだもんな」

さっそく龍馬が茶々を入れる。

「うるさい。お前は黙っとれ」

「へーい」

龍馬は、ペロリと舌を出して、首をすくめてみせた。

「とにかく、俺の誕生日はさておき——、社員の仲間たちとこつこつ頑張り続けてきた会社の節目を祝ってもらえるのは素直に嬉しいよ。だから今日は、本当に、みんな、ありがとな。俺からは、以上！」

パチパチパチ、と誠実な拍手が上がって、店内の空気がほっこりとした。

「社長さん、意外にも短いご挨拶、ありがとうございました」

未來は軽口で皆を笑わせると、司会を続けた。

「それでは皆さん、グラスを手にして下さーい。ではでは、我らが愛すべき社長さんの会社の三〇周年と、六五歳の誕生日を祝しまして……、いきますよ。乾杯！」

乾杯！　の声が店内のあちこちで乱れ飛ぶ。

ここからは、いつもの気楽な酒宴のはじまりだ。

俺は、左右の女子たちとコツン、コツン、とグラスを合わせ、ついでに残りの一人ひとりに向かってグラスを掲げて見せた。そして、がぶりと一気にグラスのビールを飲み干した。

すかさずプロの鮎美ちゃんが「社長、あらためて、おめでとうございます」と言ってビールを注いでくれる。

「おう。ありがとな。俺が三〇年も頑張ってこられたのはさ、いつも癒しになってくれてる鮎美ちゃんのおかげだよ」

「いえいえ、何をおっしゃいますか。ぜんぶ社長さんの努力と、この腕がモノを言ったんですよ」

言いながら俺の腕をポンポンと叩いて、にっこり笑った鮎美ちゃん。

その顔が、さっそく樹里の顔とダブって見えて——。

俺は、ごくり、と唾を飲み込んだ。

「そ、そうか？　俺の経営手腕ってヤツか？　鮎美ちゃんは、ほんと褒め上手だよなぁ。ガハハハ」

俺は、空笑いをしていた。そして、なんとなく久成に視線を送った。息子は、少し離れた席から、おっとりとした笑顔をこちらに向けていた。

「お、おい、久成」

俺は、何を話すかを決めないまま息子の名前を口にした。

「ん、なに？」

「あー、ええと……」言葉に詰まりかけた俺は、ふと頭に浮かんだどうでもいい質問を投げた。「さっきのケーキ、お前が買ってきたのか？」

以前、電話で久成が言っていた「生モノ」とは、きっと、あのケーキのことだろうと予想したのだ。

「そうだよ。アレ、うちの地元では、なかなか評判のいい店のケーキだから、きっと美味いと思うよ」

「ほう。そうか。そりゃ、食後が楽しみだな」

「うん」

「…………」

プツリ。

息子との会話が音を立てて途切れた。

左右から、鮎美ちゃんとまひろの視線を感じる。

俺は、慌てて次の言葉を頭のなかからひねり出した。

「ええと――、そういや、お前、ジェシカを連れてくるんじゃなかったのか?」

一緒に連れて来たがっていた樹里の名前は、もちろん出さなかった。

「ああ、うん。じつは今日、ジェシカは、なんて言うか……、まあ、ちょっと色々あってさ」

「色々?」

俺は、久成の不自然な口ぶりに、軽く眉をひそめた。

「うん。とにかく、ジェシカは、また別の機会に紹介するよ」

「そうか」

「うん」

「社長、ジェシカさんって――」

と、まひろが質問しかけたとき、なにやら未來とさやかがひそひそと耳打ちをしているのが視界に入った。だから俺は、まひろの言葉にかぶせるように言葉を発した。

「おい、お前ら。さっきから、ナニこそこそとしゃべってんだ?」

すると、二人はギョッとしたように固まった。そして、互いに顔を見合わせ、意味ありげな視線を送り合ってから、未來が口を開いた。

「これから、皆さんにお出しするお料理のこと、ですけど?」

とぼけた未來の台詞に合わせるように、さやかがうんうんと頷いてみせる。

怪しい。じつに、怪しい。

まず間違いなく、この二人は「何か」を隠している。

しかも、ジェシカについて「色々ある」などと答えた久成の台詞も違和感たっぷりじゃないか。

もしかして――、こいつらは結託して、俺にさらなるサプライズを仕掛けようとしているのでは……。

もし、そうだとしたら、いったいどんな？

俺は、さやか、未來、久成と順番に見て、見当を付けた。

ははぁん。なるほど。分かったぞ。

おそらく、どこかのタイミングで、ジェシカが登場するのだ。だから、さっき俺がジェシカのことを口にしたとたん、久成はあたふたしたし、さやかと未來は耳打ちをし合ったのだ。

なるほどな。よしよし。ここはひとつ俺が大人になって、あえて知らぬフリをし通してやろうではないか。そして、満を持してジェシカが登場した際には、しっかりと驚いたフリをしてから、ジェシカと仲良くやってやろう。ん？　仲良くって――、そもそもジェシカは日本語をしゃべれるのか？

俺は、英語はからっきしだぞ……。

などと俺があれこれ考えていたら、未來が心配そうな顔をして声をかけてきた。

「あの、社長さん？　どうかしました？」

「ん？　あ、ああ……。ええと、これから出てくる料理といえば――、さやか」

やや慌てた俺は、話の矛先（ほこさき）をさやかに向けた。

「はい？」

「今日の、この二品のお通し」

俺は、小皿を二つ繋げたような瓢簞形（ひょうたんがた）の皿に盛られたお通しについて訊ねた。

「どっちもはじめてだと思うんだけど、何ていう料理だ？」

料理の話になってホッとしたのだろう、さやかはいつものゆるい笑みを浮かべると、カウンター越しに少し身を乗り出して説明をしてくれた。

「ええと、ですね。まず、こちらは、地元で揚がったイナダの皮の素揚げです」

「ほう、イナダの」

「はい。お寿司屋さんでは『ハマチ』と言った方が馴染み深いと思いますけど」

「まあ、そうだな。たしか、天然モノがイナダで、養殖モノがハマチなんだっけ？」

「はい。そういう呼び分けもあるんですけど、関西ではハマチ、関東ではイナダと呼ぶ、という分け方もあるんですよ」

「へえ。まあ、どっちにしろ同じブリの子だな」

「はい。ブリは出世魚で、関東では、モジャコ、ワカシ、イナダ、ワラサ、ブリと呼び名が変わるんです。ちなみに、このイナダは、四〇センチくらいの頃の呼び名ですけど、若魚だけにまだ皮も薄いので、揚げると歯ごたえがパリパリしたスナック感覚のおつまみになるんです。だからビールのお供にいいかなって」

なるほど、と思いつつ、俺はそれをつまんで口にしてみた。

たしかに、さやかの言う通り、ひと噛みごとにパリパリと小気味良い歯ごたえが口のなかで弾ける。

「うん。塩とスパイスが皮の旨味を引き立てて美味いよ」

「ありがとうございます」

「んじゃ、こっちのお通しは？」

「そちらは、マグロの血合いの煮物なんですけど——、社長さん、何で煮たか分かりますか？」

「おっ、クイズときたか。どれどれ」

俺は焦げ茶色をしたマグロの血合いを箸で小さく切り、口に放り込んだ。咀嚼をすると、かすかなほろ苦さとコクが口のなかに広がってくる。

「ん？　なんだ、これは？　どこかで味わったことがあるような……、でも、はじめての味だなぁ」

首をひねる俺を見て、さやかが「うふふ」と笑っている。

「駄目だ。降参。分からん」

「正解を聞いたら、さすがの社長さんも、ちょっと驚くかも知れませんよ」

「ほんとかよ」

「はい。じつは、そのマグロの血合い、コーヒーで煮てるんです」

「え？　コーヒーって、喫茶店で飲む、あの？」

「そうです。そのコーヒーです。昨日のうちに下処理して臭みを抜いておいたマグロの血合いを、生姜と葱と一緒にブラックコーヒーで煮たんです」

「ほう。これは面白い一品だなぁ」

俺は、さらに一切れ、口に放り込む。正解を聞いてから咀嚼すると、たしかにコーヒーの風味が感じられた。

「お口に合いますか？」

と、俺の顔を覗き込むさやか。

「うん。美味いよ。コーヒーで煮てるだけあって、ほろ苦さとコクが『大人の味』って感じだな」

「よかった。主賓に気に入って頂けて嬉しいです。まだ、おかわりもありますので」

「おう。じゃあ、少し追加してもらおうかな」

「はい。承知致しました」

軽く頷いたさやかが、ふんわりと微笑んだその刹那――。

ふいに店内が、すっと静まり返った。

それまで、わいわい騒いでいたカウンターの連中が一斉に口を閉じ、違和感のある「声」に耳を澄ましたのだ。

この声は――、
白い暖簾の向こう側、厨房の方から聞こえてくるのは、どうやら赤ん坊の泣き声のようだ。

すると、ふいに未來が、少し慌てたように声を張り上げた。

「はい！ ここで、サプライズ第二弾でーす！」

来たな、サプライズ。

俺の脳裏には、写真でしか見たことのないジェシカの顔が思い浮かんだ。

って、え？

ま、まさか――。

無意識に俺は、周囲の連中を見回した。

皆、何やら意味ありげな顔をしている。なかには含み笑いをしている輩もいた（もちろん龍馬だが）。

俺は久成を見た。

息子は、ひとり、不自然なほど顔に緊張を張り付けている。

つまり、ジェシカと久成の……。

どうやら、このなかで知らないのは俺だけだったらしい。

「では、お二人に登場して頂きましょう、どうぞぉ！」

満面に笑みを浮かべた未來が声を張り上げながら、さっきのケーキのときのように白い暖簾をめくり上げた。

そして——、

そこから先は、世界がスローモーションになった。

暖簾の奥から、恐るおそる、といった感じで姿を現した若い女性。その横顔は、腕に抱いた赤ん坊を慈しむように見下ろしていた。横顔の半分を隠す長い黒髪が、さらりと揺れる。

赤ん坊は、見るからにやわらかそうな桜色のベビー服に包まれ、おしゃぶりをくわえていた。

女性が、ゆっくりと顔を上げた。そして、カウンターに並んだ面々を一人ひとり確認するように視線を移していく。

俺のところで、その視線がピタリと止まった。

女性の瞳孔(どうこう)が、すっと開いたように見えた。

「え……」

俺は声を詰まらせ、まばたきすら忘れて、その女性と見詰め合った。

永遠のような一瞬——。

女性は、赤ん坊を抱いたまま、俺に向かって会釈をした。

未來が明るい声で何かを言って、龍馬がそれに答えたようだが、二人の台詞は俺の耳を素通りした。

久成を見た。

息子は、かすかに微笑みながら、俺に小さく頷いてみせた。

再び、女性を見た。視線がまっすぐに合う。

そして、俺の唇は動いた。

「え……、樹……」

こくり、と女性は頷いた。

「わあ、可愛い！　名前はなんていうんですかぁ？」

隣で立ち上がったまひろが、赤ん坊を見ながら声を上げた。

「つむぎ、と言います」

樹里が、面映ゆそうな顔で答える。

きゃー、つむぎちゃん、可愛い。抱っこさせて下さい。俺もつむぎちゃん抱っこしたい。お手てがちっちゃ～い！　髪の毛がふわふわしてるぅ。

カウンターの連中が好き勝手なことを言い出した。

すると、奥の方から久成の声が聞こえた。

「ほら、樹里。カウンターの外に出て、こっちに」

「うん」

軽く頷いた樹里が、カウンターから出てきた。

俺は、まだ、まともな言葉をひとことも発せないまま、樹里と赤ん坊から視線を外せずにいた。

久成も席を立ち、こちらに近づいてくる。

樹里とは会わない。

あいつはもう、俺の娘じゃない。

俺は久成にそう伝えたはずだ。

それなのに——。

「おい、久成」

カウンターの椅子から降り立ち、俺は久成と正面から対峙した。

すると、すかさず久成が謝罪を口にした。

「ごめん、父さん」

「………」

「俺さ、どうしても、母親になった樹里とつむぎを父さんに会わせたくて」

「………」

いつの間にか、店内には静寂が満ちていた。

まるで一人暮らしの我が家のようだ。

「どうしてこういう流れになったか、ちゃんと説明するから」

「………」

俺は何も言わず、目で先を促した。

「えっと、父さんの誕生会の仮予約をキャンセルしようと思って夕凪寿司に電話をしたときにさ、俺、さやかさんに色々と相談にのってもらったんだよ。で、ちょっと無理を言って、こういうサプライズに協力してもらう流れになって——」

「うちは、無理なんて、ぜ~んぜんしてないですよ。うふふ」

背後から、さやかのふわふわした声が聞こえてきたが、俺はそれを聞き流した。

「久成」

「はい」

息子に手玉に取られたことへの怒りなのか、いきなりの樹里との再会に動揺しているのか、とにかく俺の心臓は、かつてないほどに激しく拍動していて、肋骨を内側から叩く音が外に漏れそうなほどだった。

「お前、こんなやり方を――」

と俺が言いかけたとき、すぐそばにまで近づいてきた樹里が震える声でかぶせた。

「違うの。パパに叱られなくちゃいけないのは、お兄ちゃんじゃなくて、わたしなの」

俺は、ひとつ深呼吸をしてから、樹里のつま先から頭までをあらためて見た。

樹里、お前、元気でやっていたのか？

自然と心のなかに浮かんだ言葉が、そのまま口をついて出そうになったが、すんでのところで飲み込んだ。

俺は何も言わず、樹里に先を促した。

「パパ、ごめんなさい」

「……………」

「わたし、パパとママの離婚の理由をずっと勘違いしてて」

その台詞を聞いた刹那、俺は久成に向き直った。

「おい、久成、お前……」

男と男の約束を！

「言ってないよ。俺は、言ってないって」

久成は、慌てて首を横に振ってみせた。

「パパ、違うの。お兄ちゃんに聞いたんじゃなくて——」

「え……」

「この子が生まれたときに、ママ本人から聞いたの」

樹里が、悲しげな顔でそう言った。

佐知江が？

自分から、真実を？

思いがけない展開に、俺は呆然と樹里を見ていた。

「生まれたばかりのこの子を抱っこしたママがね、ぽろぽろ涙を流して、わたしに何度も謝りながら、本当の理由を教えてくれたの」

「…………」

「そもそもママが離婚の原因を作ったのに、パパは、そのことをわたしに言わないで、ずっと悪者でいてくれたんだよね」

「…………」

「わたし、何も知らなくて。勘違いしたまま、パパにひどいことたくさん言って……。本当に、ごめんなさい」

つーっと樹里の頰を光るしずくが伝い落ち、桜色のベビー服に吸い込まれて消えた。

「…………」

俺は何も言えず、ただ、その様子をぼんやりと眺めていた。

「樹里はさ、父さんに会って、ちゃんと謝りたかったんだよ。で、俺が二人のあいだに入ろうとして誕生会を企画したんだけど、あっさり父さんに断られちゃって。しかも、断られたことを樹里に伝えたら、しくしく泣かれちゃってさ」

「そうか……」

久成は、俺と樹里の板挟みになっていたのか。

「結果として、こんな強引な形で二人を再会させることになっちゃって。俺としても、父さんには申し訳ないと思ってるんだけど」

そこまで言った久成は、軽く嘆息してから、再び俺に「ごめんね」と言った。

俺は、どうにも収拾のつかない感情を抱えたまま、「まあ——、うん。それは、分かった」と久成に頷いてみせた。

「で——、樹里」

俺の口から、ようやく娘の名前を出せた。

「……はい」

樹里の濡れた瞳が、俺を見上げた。

「お前、こんな風に、急に俺に会いにきて——、まあ、なんて言うか……、そっちのお義父さんの方は大丈夫なのか?」

そっちのお義父さん、とは我ながら妙な言い回しだな、と思いつつも、俺は気になっていたことを訊ねた。

「それは、うん、大丈夫。ママがちゃんと話してくれて、そしたら、『ぜひとも行っておいで』って、むしろ背中を押してくれたくらいだから」

「そうか」

なら、まあ、よかった。

俺は、すっかり年齢を重ねた樹里を見詰めながら、うんうん、と二度頷いた。

すると、樹里は思いがけない台詞を口にするのだった。

「あとね、今日、わたしとつむぎが家を出るとき、ママがね、『風波のパパに可愛い娘を見せて、思い切り幸せ自慢をしてきなさい』って……、言ってくれたんだよ」

樹里は潤み声でそう言うと、ふたたび目に涙を溢れさせた。

あいつが、そんなことを？

俺の脳裏に、元妻の顔が思い浮かんだ。そして、久しぶりに彼女の名前を口にした。

「佐知江は、いま、幸せなのか？」

「うん。いつも幸せそうに笑ってるよ」

「そうか」

と、ため息のように答えたとき、俺は心の奥底で素直にホッとしていることに気づいた。そして、そんな自分がいることに、俺は少なからず驚いてもいた。

「樹里、お前は？」

「幸せだよ。とても」

「――なら、まあ、うん」それでいい。それが聞けただけで、俺の心はだいぶやわらかくなった。「で、この子の父親は？」

「今日は、連れてこなかった」

樹里が答えて、久成も続いた。

「ジェシカもだよ」

「ん――？」

と俺が小首を傾げると、久成が答えた。

「だって、ほら。今日はさ、樹里とつむぎと俺がそろって、父さんとご対面するわけでしょ？　だから、せめて今日くらいは家族水入らずでって、ジェシカも樹里の旦那も遠慮してくれたんだよ」

家族水入らず。

家族――。

「パパ」

樹里からパパと呼ばれるときの、くすぐったいような幸福感を久しぶりに思い出しながら、俺は「ん？」と眉を上げた。

「抱っこしてもらえる、かな？」

「え――」

「つむぎのこと」

俺は、樹里の腕のなかで大人しくしている赤ん坊を見た。

軽く触れただけで壊れてしまいそうな小さな命。

「つむぎは、いま、何ヶ月になるんだ？」

俺の口が、孫の名前を発していた。

つむぎ。

俺の娘の樹里が産んだ、孫の名前――。

そう思ったら、不覚にも鼻の奥がツンと熱を持ちはじめてしまった。

「二ヶ月と少しだよ」

「そうか」

俺は、平静を装いつつ洟をすすり、「ふう」と大きな息をつくことで鼻の奥の熱を散らした。

「じゃあ、いい？」

樹里が俺に近づいてきた。

そして、つむぎをそっとこちらに差し出す。

赤ん坊を抱くのなんて、いったい何年振りだ？

俺は慎重な手つきで、つむぎを受け取った。

軽かった。驚くほどに。

こんなに軽いのに、小さな、小さな、命のぬくもりが、じんわりと腕のなかに広がっていく。

ふわっと鼻孔をくすぐる甘いお乳の匂いが懐かしい。

つむぎ。

つむぎ。

この子が、俺の――。

「どう？　孫を抱いた気分は」

久成に訊かれた俺は、「ど、どうって……」と言いながら、つむぎの顔に見入っていた。

すると、つむぎの目が少し動いて――、
視線が、合った。

「あは……、あははは」

俺の喉から、無意識に笑い声が漏れていた。

「ほら、つむぎ。おじいちゃんだよ」

樹里は、そう言いながらつむぎの頬をチョンとつついた。すると、ぽかんとしていたつむぎが、ほんの少しだけ頬を上げたように見えた。

「お、おい。いま、笑ったんじゃないか？」

思わず俺は樹里を見た。

「うん。そうかも。ちょっとだけ笑ったかも」

「だよな、笑ったよな」

「つむぎ、嬉しいねぇ。はじめて、おじいちゃんに会えたんだもんねぇ」

穏やかな「母」の顔をした樹里が、つむぎに話しかける。

おじいちゃん——。

俺が。

あらためてそう思ったら、また鼻の奥がツンと熱くなってしまった。

「そうかぁ、つむぎ、笑って……くれたのかぁ」

つい、語尾が潤み声になってしまった。

「あれれ？　赤ちゃんの代わりに、じいじが泣いてるみたいだぞ」

龍馬が、茶々を入れてきた。

「ば、馬鹿野郎……。俺は、泣いて、ねぇよ……」

潤み声のまま反駁（はんばく）した俺は、濡れた頬を拭おうとした。でも、出来なかった。いまは両手がふさがっている。

こんなにも大切な宝物を抱いているのだ。

片手であっても放すことなど有り得ない。

「それとな、俺は『じいじ』じゃねえ」

俺は、誰にともなく、宣言するように言った。

この宝物に「じいじ」と呼ばれるべき人は、別にいる。

佐知江を幸せにして、快く樹里をここに送り出してくれた男が。

「法的に、俺は『じいじ』じゃねえからよ」

すると久成が、やれやれ、という声を出した。

「また、そんな意固地になるんだから」

「馬鹿。違うよ」

俺は、久成と樹里を順番に見てから続けた。

「俺はな、つむぎに『じいじ』とは呼ばせねえ」

「じゃあ、なんて――？」

と久成が眉をハの字にした。

「もちろん、『シャチョー』って呼ばせる」

「おおっ。それ、いいじゃないですか」

と、クマちゃんが声を上げた。

「だろ？　つむぎがしゃべりはじめる頃はよ、きっと上手に『シャチョー』って言えなくて、『チャチョー』って言うんだよ」

「うわぁ、『チャチョー』って、それ絶対に可愛いやつですよぉ」

よほど赤ちゃんが好きなのか、まひろが悶絶（もんぜつ）しそうな顔で言った。

すると樹里が、クスッと笑った。

「つむぎ、こっちのおじいちゃんは『シャチョー』だって。早く呼べるようになろうねぇ」

俺は、また泣きそうになって「ふう」とやった。そして、顔を上げて店内の面々を見渡した。みんな、いかにも微笑ましい、という顔でこちらを見ている。

「社長さん」

カウンターのなかから、いつものふわふわな声がした。

「ん？」

「今日はカウンターの席が足りないんで、よかったら、久成さんと樹里さんとつむぎちゃんと一緒に、そちらのテーブル席を使って下さい」

「おお、そうだな。そうするよ」

俺たちは、カウンター席の背後にあるテーブル席に腰を下ろした。

「それと、そろそろご要望のちらし寿司、お出ししますね」

「うん。頼む」

「じゃあ、未來ちゃん、いい？」

さやかが未來に目配せをした。

「はい」

未來が頷いて、白い暖簾の奥の厨房へと消える。

厨房には準備万端のちらし寿司がすでに用意されているに違いない。

「ちらし寿司かぁ。なんか、懐かしいね」

樹里が、久成を見て言った。

「懐かしい？」

と、俺は二人の会話に割り込んだ。

「うん。毎年、ひな祭りの日になると、いつも夕凪寿司さんでちらし寿司を頂いてたでしょ？　お兄ちゃんも覚えてる？」

「もちろん、よく覚えてるよ。ちらし寿司ってさ、なんか、こう、華やかでいいんだよね。気分が明るくなるっていうか」

　そう言って、久成が俺を見た。

「たしかに、そうだな」と、素直に頷いた俺は、つむぎの体温を味わいながらさやかに話を振った。

「なあ、さやか」

「はい？」

「そもそも、どうして、祝いの日にちらし寿司が食べられるようになったんだ？」

　すると夕凪寿司の大将は、いつものようにふわふわの笑みを浮かべて博識ぶりを披露してくれた。

「それは諸説あるようですけど、ちらし寿司には縁起のいい食材が使われているから、らしいですよ」

「縁起のいい食材？」

　俺は、鸚鵡（おうむ）返しして小首を傾げた。

「はい。例えば『海老』は、髭が伸びて腰が曲がるまで長生きできる、とか、『蓮根（れんこん）』は、穴が空いているので、将来を見通せるようになる、とか。あと『錦糸卵』は金銀財宝を表しているそうです」

「ほう。なるほどな」

　と俺が得心したとき、つむぎが「あああ」と可愛い声を出した。

「おっ、つむぎちゃんも納得してるみたいだ」

龍馬が朗らかな声で言う。この男も赤ん坊が好きなのか、すでに目が無くなりそうなくらいに細まっている。

俺は、小さくて温かい背中を、やさしくぽんぽんとやった。

「あうぁぁ」

つむぎが反応して、おしゃぶりを口にしたまま俺に何かを言った気がした。

樹里を見た。

「シャチョーに、話しかけてるみたい」

かつて赤ん坊だった娘が、母親らしい柔和な顔で目を潤ませている。

久成を見た。

かつて赤ん坊だった息子が、伯父さんらしい顔で目を細めている。

俺は、ゆっくり、大きく息を吸い込んだ。そして、つむぎの存在が生んだ「シャチョー」の誕生日を祝うべく宣言した。

「よぉし、今日はシャチョーの俺のおごりだ。みんな、じゃんじゃん飲み食いしてくれ。握りも一品ものも、好きなだけ注文していいからな」

すると、さっそく久成が苦笑した。

「父さんの誕生日と、会社のお祝いなのに、父さんが振る舞うんだ?」

「おう。そうだ。今日は俺が主役なんだからよ、俺の好きなように祝ってもらうぞ」

「社長、やっぱ、かっこいい！」

鮎美ちゃんが黄色い声を上げてくれた。

「ありがとな、鮎美ちゃん」

でも、もう、きっと――、君の笑顔のなかに樹里の面影を追うことはないけどな。

「なあ、樹里」

俺は、隣の椅子に腰掛けた娘を見た。

「ん、なに？」

「えっと……、まあ、あれだ」

大事なことを口にしようとした俺は、照れ臭さで後頭部を掻きたくなったが、両手がふさがって掻けなかった。だから、首をすくめながら小声で伝えた。

「ありがとな」

「え？」

「つむぎを抱かせてくれて」

「……パパ」

樹里もまた照れ臭そうに微笑みながら涙を浮かべた。

えへへ、と父娘そろって泣き笑いだ。

「樹里は、相変わらず、涙腺ゆるいんだな」

「あはは。パパだって」

「俺は、泣いてねえぞ」

「またまたぁ」

ホッとした顔で微笑む娘を見詰めながら、俺は思った。

まひろじゃないが、俺は今日、久しぶりに会うべき人に会えた。会えたことで、これからの人生は一変するだろう。

すでに錦糸卵（金銀財宝）は手に入れた。樹里と和解できたことで蓮根（将来の見通し）の具合も良好となった。あとは、そう、海老のように長生きすればいい。

取り急ぎ――、俺一人には広すぎるあの家の一角を、つむぎの遊び場にしてやろう。せっかくだから金に糸目をつけず、小さな遊園地みたいにしてしまえ。もしも田中に二人目の孫ができたら、つむぎと遊ばせてやれるかも知れない。友達をたくさん呼べるくらい贅沢な室内の遊び場にしてやるか。

そもそも俺は、そういう「いつかの日」のために――、幸せそうな家族の笑顔を見るために――、何十年もあくせく働いて金持ちになったのだ。周囲に「ジジ馬鹿」と揶揄されようが、構うことはない。

と、そこまで考えたとき、ふと俺は、自分が田中に言った台詞を思い出した。

ジジ馬鹿は、美しい――。

そうだ。ジジ馬鹿、万歳だ。

「あうあうぁぁぁ」

腕のなかのつむぎが、また、愛らしい声で話しかけてきた。

「ん？　つむぎちゃん、どうしたのぉ？」

俺は、でれでれの笑顔をつむぎに向けて答えた。

すると、つむぎは小さな手をこちらに伸ばして、俺の顎のあたりをぺたぺたと触った。

「もう、社長ばっかり、ズルいです。わたしにも抱っこさせて下さい」

カウンターの椅子から立ち上がったまひろが、こちらに両手を伸ばしてきた。

「ちょっと待て。いま、つむぎが俺の顔を触ってるところだろうが。つむぎの気持ちをいちばんに考えろ」

「あはは。さっそく『ジジ馬鹿』全開じゃないすか」

龍馬が俺を揶揄して、みんなが笑った。

その笑い声に驚いたのか、ふいにつむぎの顔が真っ赤になり、いまにも泣き出しそうになった。

そうそう。久成や樹里が赤ん坊だった頃も、こんな顔をして泣いていたものだ。

いやぁ、懐かしい――。

ぽろり、とおしゃぶりを吐き出したつむぎが、愛らしい声で泣き出した。俺は、「おお、よしよし」とやさしく揺すりながらあやしてやる。床に落ちそうになったおしゃぶりを樹里が隣から手を伸ばしてナイスキャッチ。

と、そのとき、テーブルの前に未來が立った。未來は大きくて立派な漆塗りの寿司桶を両手で抱えていた。

「お待たせ致しました。こちらが本日のメイン、ちらし寿司です」

寿司桶が四人用のテーブルにそっと置かれた。

そう。これだ。これが、昔から家族の祝い事に欠かせなかった、ちらし寿司だ。

「わあ、すごい綺麗」おしゃぶりを手にしたまま、樹里が瞳を輝かせた。「つむぎ、ほら、ちらし寿司だよ」と言いながら樹里がつむぎの頬をぷにぷにとやった。そして、半開きになった小さな口にスポッとおしゃぶりを押し込む。

泣いていたつむぎが「?」という顔で泣き止んだ。

すると、そのタイミングで未來がスマホを手にして言った。

「つむぎちゃんのご機嫌が戻ってるうちに、記念写真を撮らせて頂きますね。久成さん、よかったら社長さんと樹里さんの方に移動してもらっていいですか？」

「あ、はい。ありがとうございます」

久成が席を立ち、こちら側に来て並んだ。

「悪いな、未來」

「いえいえ。せっかくの記念ですから」

「未來ちゃん、俺たちも写っていい？」

龍馬の声に、未來がぴしゃりと返す。

「駄目に決まってるじゃないですか。集合写真は後で撮りますから、まずはご家族だけの写真を撮ります。んじゃ、いきますよぉ」

未來が、こちらにスマホのレンズを向けた。

きらびやかなちらし寿司を真ん中に置いて、俺と久成と樹里とつむぎが頬を寄せた。

「じゃあ、撮りまーす。はい、ちらし寿司」

阿呆っぽい未來の掛け声に、俺たちは思わず笑ってしまった。そして未來は、その瞬間をきっちり撮影してくれた。

「はい、オッケーでーす」

「なあ、未來」

「はい？」

「その写真、俺に送ってくれよな」

「もちろんです」

「じゃあ、パパ、わたしにも転送して」と樹里。

「俺にも」と久成。

「おう」

と、しっかり頷いた俺。

お前たちには、すぐに送ってやる。

そして俺は、その写真を発色のいい最高級の紙にプリントして、立派な額装をして、デーンと飾るのだ。

いまは、まだ、老眼鏡がひとつ転がっているだけの、あのサイドボードの上に。

第四章　ツンデレの涙

【江戸川さやか】

「おじいちゃん、お風呂(ふろ)、先に頂いたよぉ」

薄手のパジャマを着たわたしは、うっすらと汗の浮いた首筋をうちわで扇(あお)ぎながら、伊助おじいちゃんに声をかけた。

「あいよぉ。未來は、もう入ったのか？」

のんびりした口調で答えたおじいちゃんは、居間の畳の上でゴロゴロしながらテレビを観ている。白いランニングにサルマタという、いかにも昭和のオジサン的な格好で。

「未來ちゃんは、お店のホームページを改良してから、夜中に入るって」

「そうか。んじゃ、お先に頂くとするかな」

「うん、そうして」

おじいちゃんはリモコンでテレビを消すと、「よっこらせ」と声を出して立ち上がった。そして、お尻をポリポリ掻きながら、着替えを取りに自室へと歩いていった。

相変わらず、ゆるいなぁ、おじいちゃん――。

くすっと笑って、わたしも廊下を歩き出す。

すると掃き出し窓の網戸の向こうから、秋の夜風が吹き込んできた。

凛。凛――。

生前の父と母が気に入っていた風鈴が軒下で揺れる。

桔梗の花を逆さに吊るしたような、珍しい形をした風鈴だ。

あの釣り船の事故以来、おじいちゃんは夏が終わってもこの風鈴を外さなくなった。だから一年中、風が吹けばこの透き通った音色が響きわたって、父と母の存在を身近に感じられる。

わたしは口元に小さな笑みをためて、秋の夜風を深呼吸しながら廊下を歩いていく。

もうすぐ築百年。まさに古色蒼然とした我が家の廊下は、一歩足を踏み出すごとに飴色の床板が軋んで、キュッ、キュッ、と歌う。その可愛らしい歌声が、庭から漂ってくる秋の虫たちの恋歌と響き合い、わたしは「音のマリアージュ」という言葉を思い浮かべた。

廊下を曲がり、二階へと続く階段に差し掛かると、今度は、キシ、キシ、と踏み板がハスキーな声で歌い出す。この音色もまた味があっていい。夏の夜の清楚なスズムシの歌声ともマッチするし、今夜みたいなコオロギとキリギリスの合唱との相性も悪くないと思う。

相性といえば――。

わたしの脳裏に、幼馴染の顔が浮かんだ。

今朝、龍馬くんが仕入れてきてくれた脂の乗ったクロムツと、最近、九州から仕入れているコクのある赤酢との相性が、思いのほか良かったのだ。

軽く炙って紅葉おろしを載せても、いい感じだったなぁ……。

と、胸裏でひとりごとをつぶやきながら二階の自室へ入ろうとしたとき、

「さやかさーん。ちょっといいですかぁ？」

隣の部屋から未來ちゃんの声が聞こえた。階段の踏み板が鳴るから、わたしが上がってきたのが分かったのだろう。

「はいはーい。入るよぉ」

わたしは軽くノックをしてから、未來ちゃんの部屋のドアを開けた。六畳の和室の奥の窓辺には、年代物の木製のデスクがある。未來ちゃんは、そのデスクに着いて、こちらに背中を向けていた。

「さやかさん、これと、これ、どっちがいいと思います？」

椅子をクルリと半回転させて、未來ちゃんがこっちを見た。右手で、パソコンのモニタを指差している。

「どれどれ？」

言いながら、わたしは近づいていき、未來ちゃんの肩越しにモニタを覗き込んだ――のだけれど、すぐにモニタの横にある写真立てに目を奪われてしまった。

それは、半年ほど前、龍馬くんが、わたしとおじいちゃんと未來ちゃんを車に乗せて、一泊二日の温泉旅行に連れて行ってくれたときの記念写真だった。旅館の玄関の前で各々ポーズを取った四人は、なんとも言えず穏やかな笑顔を浮かべていて、まるで仲のいい家族写真のようにも見える。

わたしは、その写真から視線を引き剝がし、あらためてモニタを見た。

「えっと――、これ、どっちもトップページだよね？」

「そうです」

モニタには、ひと目で比較できるよう、二種類の画像が並べて表示されていた。今日の仕事上がりから未來ちゃんが取り組んでくれている、夕凪寿司の新たなホームページのデザイン案だ。

「うーん、右のは、ポップで明るい雰囲気があるから、お店に入りやすそうな感じだね」

「はい」

「左のは、逆に、歴史ある本格派って感じ……かな？」

「はい。そんなイメージで、それぞれデザインしてみたんですけど」

「けど？」

「ああでもない、こうでもない、って何度も試行錯誤しているうちに、わたし、頭がごちゃごちゃしてきて、選べなくなっちゃって……。で、さやかさんの意見を聞きたいなって」

「たしかに、どっちも素敵で、捨てがたいもんね」

「そうなんですよぉ」

両手をこめかみに当てて「う〜ん」と悩んでいる未來ちゃんの仕草がなんだか可愛くて、わたしは思わず「うふふ」と笑ってしまった。

「さやかさん的には、ズバリ、どっちですか？」

「難しいなぁ。どっちにもいいところがあるからなぁ」

わたしは首をひねりながら、うちわをぱたぱたさせた。

「どっちにも、ですか……」

「うん」

「じゃあ、例えば、ですけど——、店の名前を載せて使う写真は、右のやつにして、その書体は左のにするとか……」

未來ちゃんのアイデアを脳裏に浮かべてみたら――、ピンときた。

「あ、それ、マリアージュ」

と、思わず口から出ていた。

「へ？」

眉を上げた未來ちゃんが、わたしを見て苦笑した。

「さやかさん、マリアージュって……」

「あは。ごめん。ええと、写真と文字、それぞれの良さが響き合って、いい感じになる気がするよ」

「さやかさん」

「ん？」

「また、お寿司のこと考えてたんでしょ？」

「えへへ」

未來ちゃんは、お見通しらしい。

「ほんと、さやかさんは『寿司オタク』ですよねぇ」

やれやれ、と呆れたように眉尻を下げた未來ちゃんが続けた。

「ってことは、ですよ。店名を載せた写真の下に置くお寿司の写真は、左のデザインを採用して、その下の、さやかさんのレシピを紹介するページに飛ぶアイコンは、少しポップな右のテイストにしましょうか？」

「うん、うん。いいねえ」

「あと、スタッフ紹介のところですけど……」未來ちゃんは別のページを開いて「こんな感じでいいですかね？」と、わたしを見上げた。

そのページには、わたしと、おじいちゃんと、未來ちゃんの写真があって、それぞれに短いキャプションが付けられていた。

「どれどれ……」

わたしはまず、自分の写真のキャプションに目を通した。

『江戸川さやか＝夕凪寿司の大将。そのふわっとした雰囲気とは裏腹に、寿司への飽くなき探求はオタクの域に達する。丁寧な「仕事」から生み出される極上の江戸前寿司は、これまでに多くの寿司ツウたちを唸らせています』

わたしは、面映さで沸騰しそうになりながら、おじいちゃんのキャプションを読んだ。

『江戸川伊助＝さやかの祖父。夕凪寿司の元大将。かつては銀座で寿司店を立ち上げ、名店と呼ばれるまでに育て上げた、知る人ぞ知るレジェンド寿司職人。現在は半隠居中ですが、時々、つけ場に立っては、その辣腕を振るいます』

こちらも、なかなか強めなプロフィールになっていた。しかし、未來ちゃんの写真のキャプションだけは違った。

『遠山未來＝お店を手伝っている江戸川家の居候』

やけにあっさりしているし、謙虚すぎる。

「ええと……、未來ちゃん？」

「はい？」

と返事をした未來ちゃんは、なぜか、わりと自信ありげな目をしていた。きっと、わたしとおじいちゃんのキャプションの内容に自信があるのだろう。

「このキャプションの内容がね、う～ん、なんて言うか、こう、ほんのちょっとだけ――」

「直球すぎますか?」

「ああ、うん。どちらかと言うと直球かも。もう少し、マイルドな感じにしてもいいかなって」

「なるほど、そうですかね……」

と首をひねった未來ちゃん。

伝わってるかな、わたしの言いたいこと……。

わたしは少し不安になったので、未來ちゃんには申し訳ないけれど、ここだけは自分で文章を書かせてもらうことにした。

「じゃあ、わたしとおじいちゃんのプロフィールは、ちょっと考えておくからさ、とりあえずは仮ってことで、『大将』と『元大将』だけにしておいてもらっていいかな?」

「それは、いいですけど……、もし、直したいところがあったら、さやかさん、わたしに気を遣わないで、いま言ってもらえれば直しますよ」

「あ、うん。でも、ほら、一応、おじいちゃんにも相談しておこうかなって」

「そう——ですか。じゃあ、まあ、分かりました」

若干、不満げではあるけれど、とにかく未來ちゃんは了承してくれた。

「他のところは、すっごくいいと思うから、未來ちゃんのセンスで進めちゃってもらっていいかな?」

「分かりました。じゃあ、さっき話した方向でデザインしますね」

未來ちゃんの頬が緩んで、軽い笑みが咲いた。

「うん、よろしくね。それにしても——」

「……?」

「未來ちゃんは、ほんと多才だよね」

「え？」

「だって、ホームページのデザインまで上手にこなしちゃうんだもん。やっぱ、頼りになるわ」

わたしが直球で褒めたら、未來ちゃんは視線を泳がせて、「べつに、そんな……」とつぶやいて、さっとモニタの方を向いてしまった。

「未來ちゃんが、ホームページとＳＮＳを運営してくれてるおかげでさ、最近、若いお客さんが確実に増えてるもん。ほんと未來ちゃんって、何でも器用にこなしちゃう天才肌だよね」

「さやかさん。からかわないで下さい」

「え？　からかってないよ」

「もう、ホームページ作ってあげませんよ」

未來ちゃんは、モニタから目を離さずに言った。よほど照れ臭いのか、耳が真っ赤になっている。

「えええ〜、なんで？　わたし、本当に未來ちゃんは天才肌だと思ってるのに」

実際、未來ちゃんは、何をやらせても驚くほど短期間で身につけて、ハイレベルにこなしてしまう天才肌なのだ。例えば包丁研ぎも、魚のさばき方も、仕込みのやり方も、わたしがちょっと教えただけで、すぐにコツをつかんで自分のモノにしてしまうし、接客も、店の清掃も、わたしよりずっと上手で、集客のアイデアまで考え出してくれる。

だから、わたしは素直な気持ちで「天才」という言葉を口にしたのだけれど、しかし、未來ちゃんは軽く「ふう」と息を吐いて、声のトーンを少し落とすのだった。

「天才は、さやかさんですから……」

「え？」

「とにかく」

「あ、うん――」

「もう、デザインの相談は終わりました。ありがとうございます。後は、わたしが集中して作業をするだけなんで。さやかさんは、ゆっくり休んで下さい」

耳を真っ赤にしたまま、未來ちゃんはモニタに向かってきっぱりと言った。

つれない台詞に微苦笑したわたしは、ふと、以前まひろちゃんに言われた言葉を思い出した。

ツンデレな未來ちゃんをよろしくお願いします――。

「えっと、未來ちゃん？」

「なんですか？」

さっそく作業をはじめながら、未來ちゃんは空返事をした。

「前から思ってたんだけど、未來ちゃんのスマホケースについてる、そのストラップ、可愛いよね」

わたしはデスクの上に置いてあるスマホのストラップを指差して言った。すると、ツンデレ状態だった未來ちゃんが、モニタから視線を外して、こちらを向いてくれた。

「ホントですか？　これ、お気に入りなんです！」

スマホを手にした未來ちゃんは、わたしに良く見えるよう、ストラップの先端をつまんでみせた。

フェルト生地のなかに綿を詰めて作られた四ツ葉のクローバーのストラップだ。

「なんか、持ってるだけで、いいことありそうだもんね」

わたしが言うと、未來ちゃんは、褒められた子供みたいに首をすくめて微笑んだ。

「じつは、これ、わたしのお守りなんです」

「お守り？」

「はい。前に、わたし、柔道部で『レジェンド』って言われてる直子先輩のことをお話ししたんですけど、さやかさん、覚えてます？」

「もちろんだよ。柔道が強くて、笑顔が可愛くて、頭も性格もいいっていう――」

「そうです。その、ちょっとズルいくらい素敵な先輩からプレゼントしてもらったストラップなんです」

「へえ、憧れの先輩からのプレゼントかぁ。いいねぇ」

「こうやって指先でふにふに触ってると、なんだか気持ちが落ちついてくるんですよね」

言いながら未來ちゃんは、四ツ葉のストラップをつまんでふにふにして見せた。その仕草と表情の明るさから、どれほど気に入っているのかが伝わってくる。

「お守りであり、宝物でもある」

「はい。ほんと、そんな感じです。わたしがここに来る前の人生の暗黒期も、この四ツ葉をふにふにして、なんとか乗り切ってたんですよねぇ」

うちに来る前の、未來ちゃんの暗黒期か――。

「そっか……」

わたしは、気の利いたことが言えず、ただ微笑んで見せるだけだった。

未來ちゃんは、少し感慨深いような顔をして四ツ葉をふにふにしていた。と、そのとき、未來ちゃんが手にしていたスマホがブーンと振動しはじめた。

電話のようだ。

「え、誰だろう……」

つぶやきながら、未來ちゃんはスマホの画面を確認した。すると、次の刹那――、未來ちゃんの頬に、かすかな緊張が走ったように見えた。

「えっと、わたし、ちょっと、外しますね」

電話に出ず、未來ちゃんが言う。

「あ、ごめん。じゃあ、わたしが外すから」

わたしは、慌てて踵を返すと、そのまま急いで未來ちゃんの部屋から出た。そして、そっとドアを閉めたとき、低く抑えた未來ちゃんの声が洩れ聞こえてきた。

「もしもし、遠山です……」

遠山――。

未來ちゃんの苗字だ。

電話の相手が常連さんや友達なら「未來です」「未來だよ」と名前で言うのが常だ。かしこまって苗字を使ったりはしない。そもそも、未來ちゃんがわたしの前で電話に出るのに「外しますね」なんて言い出したのも、これがはじめてのことだった。

いまの電話の相手は、いったい誰なのだろう?

わたしは考えつつも、急いで隣の自室へと入った。

未來ちゃんの部屋の前で立ち聞きするのは、さすがに嫌だと思ったから。

翌日――。
ランチタイムの営業を終える頃、職場の上司に頼まれたお遣いの帰りだというまひろちゃんが、ひょっこり顔を出してくれたので、久しぶりに四人でまかないを食べることになった。

わたしと、未來ちゃんと、まひろちゃん。そして、おじいちゃんの四人だ。

テーブル席に着いたわたしたちは、ランチタイムで残った食材と、商店街のお肉屋さんが差し入れしてくれたメンチカツを前にして、両手を合わせ「いただきます」をした。

いつもなら、ここから未來ちゃんとまひろちゃんの陽気な漫談みたいな会話がはじまって、わたしたちを愉しませてくれるのだけれど、でも、今日の二人は違った。どこか会話がちぐはぐで、いまいち盛り上がらないのだ。

その原因は、未來ちゃんにあった。

今日の未來ちゃんは、朝からずっと覇気がないというか、ぼうっとしているというか、表情が固いというか――、とにかく、いつもの未來ちゃんではないのだ。

気になったわたしは、何度か「未來ちゃん、何かあった？」とか「大丈夫？」とか訊いてみたのだけれど、しかし、彼女は毎回、心ここにあらずといった顔のまま、「え、大丈夫ですけど？」などと、とぼけて見せるのだった。

当然ながら、まひろちゃんも、今日の未來ちゃんが普通ではないことに気づいていた。

まかないを食べながら、まひろちゃんは眉をハの字にして横を向いた。そして、隣に座っている未來ちゃんの顔を下から覗き込むようにして言った。

「ねえ、未來ちゃん。今日、なんか変じゃない？」

「え、何が？　わたしは全然ふつうだけど？」

未來ちゃんは、予想通りの返事をした。

「もしかして、熱があるとかじゃないよね？」

心配そうに言いながら、まひろちゃんは右手を伸ばし、おかっぱ頭の未來ちゃんの前髪をすくい上げた。そして、おでこに手を当てた刹那――。

パシッ！

乾いた音が店内に響いた。

未來ちゃんが、まひろちゃんの手を勢いよく撥ね除けたのだ。

「え……」

目を見開いたまま、まひろちゃんは固まった。

未來ちゃんの濃い前髪が横に流れ、右眉の上、約二センチのところにある傷痕が露わになった。

横一文字に刻まれた裂傷の痕だ。

その傷痕の存在を知っているのは、風波町では、わたしとおじいちゃんだけだった。しょっちゅう顔を合わせている常連さんたちですら知っている人はいない。つまり、それくらい未來ちゃんは、おかっぱ頭の前髪で完璧に隠し続けてきたのだ。

わたしも、おじいちゃんも、箸を持ったまま固まっていた。

「わたし、熱なんて無いから……」

バツが悪そうな顔でボソッと言った未來ちゃんは、せっせと前髪を撫で付けて元に戻した。ふたたび傷痕が隠される。

「え、と――、なんか……」

まひろちゃんが気圧されたように口を開くと、未來ちゃんは「はあ」と、これ見よがしのため息をついてみせた。

「もういいから。さっさと食べて、会社に戻りなよ」

「あ、うん……」

それからは、やたらと気まずいまかないの時間になってしまった。

食事中、わたしとおじいちゃんは一度だけ顔を見合わせたけれど、何も言わず、ただ目だけで小さく頷き合い、そのまま静かに箸を動かし続けた。

まひろちゃんは、未來ちゃんの言いつけどおり、本当にさっさと食べ終えて、五〇〇円玉をテーブルに置いた。そして、わたしとおじいちゃんに「ごちそうさまでした」と会釈をして、そのまま会社へと戻ってしまった。

三人が残されたテーブルには、しばらくのあいだ湿っぽい沈黙が降りていた。ひどく気まずい空気のなか、それぞれがお茶をすすっていたら、たまらず、おじいちゃんが口を開いた。

「なあ、未來」

「はい……」

「なんつーか、まひろはさ、未來のことを――」

と話している途中で、未來ちゃんが言葉をかぶせた。

「わたしは、大丈夫なんで」

「…………」

「ほんと、熱も無いですし、ふつうに元気なんで」

そう言って未來ちゃんは無理に微笑んだけれど、その顔がずいぶんと痛々しく見えて、わたしもおじいちゃんも何も言えなくなってしまった。

「じゃあ、さやかさん、午後の営業も頑張っていきましょう」

「あ、うん」

「ごちそうさまでした」

未來ちゃんは、一人、テーブル席から立ち上がると、四人分の空いた皿をトレーに載せて、カウンターの奥の厨房へと運んでいった。

二人になると、おじいちゃんが小声でわたしを呼んだ。

「さやか」

「ん?」

「未來に何があったか、知ってるか?」

「うーん……」

昨夜の電話のことが気になったけれど、わたしは小さく首を振った。そして、逆におじいちゃんに訊き返した。

「おじいちゃんこそ、何か知ってるんじゃないの?」

「へ?」

「そんな、とぼけた顔をしたって駄目だよ。ちゃんと顔に書いてあるもん」

「書いてあるって、何が?」

おじいちゃんは、両手で頬を撫でながら言った。

「そりゃ、『俺は、さやかに隠し事をしてます』って。そう書いてあるよ」

わたしは、おじいちゃんを軽く睨んでみせた。

「……さやか」

「ん?」

「お前、なかなか鋭くなったな」

「おじいちゃんが、分かりやすいだけだよ」

わたしが苦笑すると、おじいちゃんは「そうかなぁ」と首をひねって、後頭部をぽりぽりと掻いた。

「まあ、とにかく」

「なあに?」

「今日の営業が終わったら、ちょっくら俺の部屋に顔を出してくれや。もちろん一人で、だぞ」

「うん。分かった」

わたしたちは頷き合って、テーブル席から立ち上がった。

そして、いつものように、おじいちゃんはカウンター席のいちばん奥で将棋雑誌を開き、わたしは未來ちゃんがいる厨房へと入っていった。

【作田まひろ】

藍色のセロファンのような海。

そして、抜けるような高い空。

二つの広大なブルーが出会う水平線は、ゆったりとしたカーブを描いて見えた。

地球が丸く見えるって、本当だなぁ——。

風波灯台の展望デッキから水平線を見渡したわたしは、強い海風に吹かれながら深呼吸をした。

平日の昼間だけに、わたしの他にこの展望デッキにいるのは、ひと組の年老いたカップルだけだった。

地上二四メートルの高さにあるこの展望デッキは、灯火のあるガラス部分のすぐ下に造られた、白亜の周りをぐるりと一周できるテラス状のスペースだ。少し錆の浮いた鉄柵に沿って歩けば、地元の海、山、町並みが一望できてしまう。

なるべく広々とした風景を眺めたかったわたしは、海を見晴らせる南側の鉄柵に寄りかかって風に吹かれていた。

そろそろ、かな――。

肩にかけたポーチからスマホを取り出し、時計をチェック。

時刻は、ちょうど午後二時になるところだった。

ごう、ごう、と激しい音を立てて、海風がわたしの顔を叩く。

寒む……。

わたしは着ていた厚手のパーカーのジッパーを首元まで上げた。そして、パーカーのポケットに両手を突っ込んで、なかに忍ばせてきた平たい石に触れたとき、背後から声がした。

「なに、この風、強すぎでしょ」

わたしは振り向いた。

すぐそばで、いつものツンデレ顔が苦笑していた。

「時間ぴったりだね」

わたしは言った。

「ってか、急に呼び出したりして、何なのよ?」

未來ちゃんは不満そうに言いながら、わたしと並んで鉄柵にもたれ、遠く水平線のあたりに視線を送った。

「やっぱ、来てくれたんだ」

「そりゃ、来るでしょ。あんな意味深なメッセージを送りつけられたんだから」

じつは、ほんの三〇分ほど前に、わたしは未來ちゃんにこんな文面を送ったのだ。

『あなたにチャンスをあげます。本日、午後二時に、風波灯台の展望台に来て下さい』

強い海風が未來ちゃんの前髪をかき上げて、一昨日、はじめて目にした傷痕が露わになっている。

「暇だったの？」

わたしは訊いた。

「はぁ？　失礼な。ぜんぜん暇じゃないよ」

「じゃあ、何してたの？」

「漫画、読んでた」

「なにそれ、暇じゃん」

わたしが突っ込んだら、未來ちゃんの横顔が、かすかに笑った気がした。

「つーか、あんた、今日、会社は？」

今日は水曜日。夕凪寿司は定休日だけど、わたしの会社は、もちろん営業中だ。

「有給を取らせてもらった」

「なんで？」

「未來ちゃんにチャンスをあげるためだってば」

「だから、なんのチャンスよ？」

強風でおでこが全開になっている未來ちゃんが、こっちを向いた。もう、傷痕は気にしないのだろうか。

「謝るチャンスだよ。わたしに」

「え……」

未來ちゃんの視線が泳いだ。

「一昨日の昼、未來ちゃん、わたしの手を撥ね除けたよね？」

「…………」

「どうせ未來ちゃん、あのときのことが頭から離れなくて、悶々としてたんでしょ？」

未來ちゃんは、そういう人なのだ。わたしは、よーく知っている。

「ふう……」

海に向かって未來ちゃんはため息をついた。そして、ちょっぴり不貞腐れたような口調で言った。

「まひろさん、ごめんなさい。あのときは、ちょっと感情的になってしまいました。はい、謝ったよ」

秋の海風に煽られて、おでこが全開になったツンデレさんの横顔が、なんだか子供みたいで可愛くて、わたしはくすっと笑ってしまった。

「ちょっ、何で笑うのよ？　せっかく謝ったのに」

と、怒りながら赤面した未來ちゃん。

「あはは。ごめん、ごめん」

「ひどい奴……」

未來ちゃんは、眉をひそめてボソッと言った。

「ごめんって。じゃあ、今度は、わたしが一昨日のこと謝るね」

「は？」

「未來ちゃん、ごめんなさい」

わたしはぺこりと頭を下げた。

「……？」

　未來ちゃんは、黙ったまま、不思議そうな顔でこちらを見ている。

「わたし、知らなかったから」

「何を？」

「いま、全開で見せてくれてる、それ」

　わたしは、未來ちゃんのおでこの辺りを指差した。

「ああ、この傷か……」

「わたし、無神経に未來ちゃんの前髪を上げちゃって」

「もう、いいよ。あんたは知らなかったんだし、いまさらあんたに隠しても仕方ないし」

「でも、わたしのせいで、さやかさんと伊助さんにも見られちゃったでしょ？　だから、ごめんね」

　わたしは、これが言いたかったのだ。

　すると未來ちゃんは、小さく首を振った。

「知ってたよ。あの二人は」

「え？」

「さやかさんと伊助さんだけは、この傷のことを知ってたの。っていうか、この傷を二人に見せたことで、わたしはあの家の居候になれたんだから」

「え……？　どういう、こと？」

　わたしは未來ちゃんの横顔をじっと見詰めた。

「似てるんだよ。わたしは、まひろと」

「似てる？」

「そう。わたしのこの傷はさ――」

未來ちゃんが、ふたたび水平線の方を見た。そして、眉毛の上の傷を人差し指で撫でながら続けた。

「ウイスキーの瓶で殴られたときの傷痕なんだよね」

「ウイスキーの……」

「ちなみに、誰に殴られたと思う？」

未來ちゃんは、自分の人生を丸ごと卑下するような淋しい笑みを浮かべた。

「誰って……」

わたしの脳裏には、悪魔のような父親の形相が浮かんでいた。

「まひろなら、簡単に想像つくと思うけど」

もちろん、想像は、ついた。

だけど、未來ちゃんの顔を見ていたら、分かり切った正解が口から出てこなかった。

「………」

「ま、いいや。正解は、父親だよ」

「未來、ちゃん……」

「じつは、うちも、なかなかにヤバいＤＶ一家でさ。わたし、物心つくかつかないかの頃から、お父さんにボッコボコにされてて……。お母さんは、わたし以上にやられちゃってたから、もはやわたしのことをかばう気力も無くなって。で、終いには――、どうなったと思う？」

その質問の答えも、わたしには、だいたい想像できる。

「お母さんも、未來ちゃんのこと……」

尻切れトンボなわたしの答えを聞いた未來ちゃんは、眉を上げて自嘲ぎみに微笑むことで、それを

「正解」という言葉の代わりにした。

「そんな感じでさ、じつは、わたしもまひろと似た境遇で育ったんだよね。ずっと黙っててごめんだけど、なんか、まひろと知り合ってから、時間が経つほどに言い出しにくくなっちゃって」

「うん……」

と、小声でつぶやいたわたしは、未來ちゃんに気づかれないよう、ゆっくりと深呼吸をした。肋骨の内側で暴れる心臓をなだめたかったのだ。

「いまさら、こんな重たい告白をするハメになるなんて、わたし、馬鹿だよね」

「ううん……」

静かに首を振ったわたしの脳裏には、出会ってからこれまでの未來ちゃんの言動の数々が、答え合わせみたいにハマっていった。

はじめて未來ちゃんと出会ったあの日——、わたしは未來ちゃんの強い目が苦手だったのに、でも、不思議と、自分と似た匂いを感じていた。しかも、わたしが父から受けたＤＶについて吐露した瞬間から、未來ちゃんのわたしを見る目が変わって、食い逃げ犯の疑いを晴らしてくれたうえに、父からちゃんと逃げられているかどうかを心配してくれた。さらにフラッシュバックのことを話したら、心の専門家に診てもらうことを勧めてくれた。

そして、なにより——、

「ハンバーグの石を、わたしと一緒に探してくれたのって……」

「べつに、あんたと境遇が似てるからっていう理由だけで、探すのを手伝ったわけじゃないけどね」

そう言って、未來ちゃんは照れ臭そうに目を伏せた。

わたしはパーカーのポケットから、大切な石を取り出した。そして、未來ちゃんの目の前に差し出した。

「ねえ、この石がわたしのお守りだって言ったとき、未來ちゃん、言ったんだよね」

「わたしが、なんて？」

「わたしにも、そういうお守り的なものがあるよって」

「………」

「でも、それが何なのかまでは教えてくれなかったけど」

「ああ。そういえば言ったね、そんなこと」

未來ちゃんは、ふふ、と声を洩らして苦笑した。

わたしは「ツンデレの石」を両手で挟むようにして、それを撫でた。

「まひろは、その石をさ、そうやってスリスリすると落ち着くの？」

「うん。未來ちゃんもやってみる？」

わたしは未來ちゃんの右手を取り、その手のひらに石を載せた。未來ちゃんは、そっと左手を石の上に載せて、感触を確かめるようにスリスリと撫でた。

「なるほど。こういう感じかぁ。たしかに落ち着くかも」

未來ちゃんは、そう言って石をわたしに返した。

「ね、いい感じでしょ？」

「うん。ひんやりしてるのもいいね」

「そうなの。触っているうちに、だんだんあったかくなってくるのもいいんだけどね」

「なるほど。じゃあ、仕方ない。わたしのお守りが何なのか、まひろに教えてやるか」

未來ちゃんは、ちょっと悪戯っぽく微笑むと、薄手のコートの内ポケットからスマホを取り出した。

そして、「これだよ」と言いながら、四ツ葉のクローバーがデザインされたストラップをつまんでみせた。

「え、ストラップ？」

「うん」

「わたし、そのストラップの存在、知ってたよ。前から可愛いなぁって思ってた」

「そうなんだ」

「うん」

「これも、めっちゃ手触りがいいんだよ」

「ふうん」

「触ってみる？」

「うん」

　わたしはツンデレの石をポケットに戻し、スマホを受け取った。そして、未來ちゃんのお守りに触れてみた。

　それは実際のクローバーよりもふた回りほど大きなサイズで、素材はフェルトだった。中綿が詰まっているらしく、指でつまむとふにふにして気持ちがいい。ちっちゃなぬいぐるみに触れているような感覚だ。

「どう？」

「ふにふにして、いい感じ」

「でしょ？　それ、わたしの憧れの人からもらったんだ」

「それって、もしかして、さやかさん？」

「あはは。違うよ。もちろん、さやかさんのことも尊敬してるし、憧れてるけどね」

「じゃあ、誰？」

「高校時代の女子柔道部でさ、部員からも顧問からも『レジェンド』って言われてた先輩。その先輩が、大事な試合の前にふにふにしながら『大丈夫、大丈夫』って心のなかで唱えてたんだって」

「へえ。なんか、いいね」

わたしは、あらためて四ツ葉のクローバーのストラップを見下ろした。

「その人、直子先輩っていうんだけどね、そのストラップで心を落ち着けて試合に臨んだおかげで、なんと、肩を怪我したまま闘って、全国ベスト８」

「すごい効能……」

「だから、わたしも同じストラップが欲しくてさ、『それ、どこで買ったんですか？』って訊いたんだけど、先輩、買ったお店のこと、すっかり忘れてて」

「あはは」

「わたしが残念がってたら、直子先輩、自分のスマホケースからそれを外してさ、『わたしはもう引退してるから、未來にあげるよ』って」

「くれたんだ？」

「うん。めっちゃ嬉しかったなぁ」

未來ちゃんは、水平線の向こうを見詰めながら言った。そして、わたしに視線を戻した。

「でさ、それ以来、学校でも、家でも、嫌なこととか辛いこととかがあったら、それをふにふにして気持ちを落ち着けてたんだよね。心のなかで直子先輩みたいに『大丈夫、大丈夫』ってつぶやきながら」

「そっか……」

分かるよ、未來ちゃん、その感じ。

わたしも同じだったから。

「ねえ、未來ちゃん」

「ん？」

「一昨日はさ、このお守りがあっても気持ちが落ち着かないような『何か』があったってことだよね？」

「………」

「だから、一昨日の未來ちゃんは、ちょっとおかしかったんでしょ？」

わたしは、まっすぐ未來ちゃんを見詰めながら言った。

「まあ、そういうこと——に、なるかな。我ながら、情けないけどね」

未來ちゃんは、微苦笑を浮かべてそう言った。

「何があったか、わたしに話してみる気は、ある？」

強い海風が透明な塊になって、未來ちゃんとわたしに、どんっ、とぶつかってきた。

おでこを全開にしたツンデレさんが、まっすぐにわたしを見た。

わたしも、その顔を正面から見返した。

はじめて会ったときは、とてもじゃないけれど、怖くて正面から見返すことなんて出来なかった未來ちゃんの顔。そして、強い目。でも、いまは、もう、一ミリも怖くない。むしろ、抱きしめてあげたいような少女っぽさすら感じている。そんな自分の変化が、どこか不思議でもあり、ちょっぴり誇らしくも思える。

「べつに、あんたになら、話してもいいけど……」

未來ちゃんは、面映ゆそうにすっと視線を外した。

これは未來ちゃんが〝聞いて欲しい〟ときの仕草だ。

「うん。じゃあ、聞かせて」

「あ、でも、先に言っとくけど、聞いたってどうしようもないことだよ？」

未來ちゃんは眉をハの字にして前口上を口にした。

この反応も、わたしの想定内。

「いいよ、それでも」

「そ。じゃあ、まあ、仕方ないな。ふう……」

未來ちゃんは、小さな決意のため息を吐くと、鉄柵の上で両腕を組み、そこに顎を乗せるような格好でしゃべりはじめた。

「わたし、逃亡中の身なんだよね」

「えっ？」

いま、逃亡中——って言ったよね？

犯罪を匂わせる単語に驚いたわたしは、水平線の辺りを眺めている未來ちゃんの横顔を見詰めた。

「人生救済センターっていうＮＰＯ法人の助けを借りてさ、わたしのおでこに傷をつくったＤＶクソ親父の元から逃げて、匿(かくま)ってもらってる身なの」

「え、じゃあ、その場所が……」

「そう。夕凪寿司——っていうか、さやかさんと伊助さんの家」

「…………」

「驚いた？」

言いながら未來ちゃんは、こっちを振り向いた。

「そりゃ……うん」

まだ頭と心の理解がいまいち追いついていないわたしに、未來ちゃんは「だよね」と苦笑して、さらに続けた。

「わたしさ、ＮＰＯの人に連れられて、この町に来たんだよね。で、はじめてさやかさんと伊助さんを紹介されたときに、おでこの傷痕を見せたの。顔にこんな傷をつけられるくらい父親にボコボコにされてますっていう証明のつもりで」

「そっか……」

それで、さやかさんと伊助さんだけは、未來ちゃんの傷痕の存在を知っていたのか。

ため息をこらえたわたしは、黙って先を促した。

「そのＮＰＯの人が言うにはさ、ＤＶの被害者は、とにかく加害者とのあいだに〝物理的な距離〟を取ることが大事なんだって。それが何よりの安心材料になるから」

「それ、分かる気がする」

わたしも義父と母から離れられたことで、ようやく少しだけ自分の人生を取り戻せた気がしたのだ。

「まあ、まひろなら、分かるよね」

「うん……」

「あ、ちなみに、わたしを連れてきてくれたのは、伝助さんていう、そのＮＰＯの代表なんだけどさ、それが、どう見てもヤクザにしか見えないオジサンで――」

「えっ、ヤクザみたいな伝助さん？　なにそれ？」

「なにそれって、実際そういう見た目で、そういう名前の人なんだよ」

「なんか、漫画のキャラみたい」

「みたい――っていうか、まさに、そういうタイプだわ」未來ちゃんは、そのヤクザっぽい人のことを思い出したのだろう、くすっと笑って続けた。「その伝助さんが言うにはね、心が壊れちゃったDV被害者が人生をやり直すには、とにかく、心のなかの天秤が不安よりも希望に傾いてる状態にしないと駄目なんだって」

「不安よりも、希望に――」

「うん。だから、わたしもそうなれるように、加害者のクソ親父から〝物理的な距離〟を置いてるところ。まあ、心のリハビリ中ってやつ？」

なるほど、と得心したわたしには、ひとつ気になることがあった。

「未來ちゃんの、お母さんは？」

「ああ、あの人もクソ親父にずいぶんとやられた被害者だから、どこかに逃げてるよ」

「どこかって？」

「わたしは居場所を知らないし、向こうも、わたしがいる場所を知らないはず。伝助さんがそうしてくれたの」

「そっか」

「ま、俗に言う一家離散ってやつだね」

言いながら未來ちゃんは、わたしの方を向いて苦笑した。だから、わたしも苦笑を返しながらこう言った。

「わたしは俗に言う天涯孤独の孤児だけどね」

「孤児って、あんた、もう大人じゃん」

「あっ、じゃあ……、孤オトナ？」

ふざけて言ったら、未來ちゃんは久しぶりに楽しそうに目を細めて「阿呆か」と、わたしの頭を軽くチョップした。

「痛った～い」

と、大袈裟に頭を抱えてみせたわたしを横目に、未來ちゃんは再び鉄柵に両腕と顎を乗せて水平線の方を見た。そして、ぽつりと言った。

「そろそろ戻るか？　だってさ……」

「え？」

「伝助さんから、電話がかかってきて」

「…………」

「夕凪寿司に隠れてる生活も、そろそろ終わりにしていい頃じゃないかって言われちゃった」

「え？　それって……、つまり」

一瞬、言葉を失くしたわたしに、未來ちゃんは淡々とした口調でかぶせてきた。

「伝助さんが言うにはさ、あのＤＶクソ親父、北海道に引っ越したんだって」

「…………」

「だから、もう、わたしは安全地帯から出ても大丈夫だろうって」

つまり、未來ちゃんがこの町から居なくなる――、そういうことだ。

「それで、未來ちゃんは、なんて答えたの？」

わたしは動揺を悟られないよう心を砕きながら訊ねた。

「とりあえず、少し、考えさせて下さい——って」

「そっか」

「うん……」

「あ、でも、未來ちゃん」

「ん？」

「地元に戻ったら、お父さんに居場所がバレるんじゃ……」

「まさか、危なくて地元になんて戻れないよ。ただ——」

そこで未來ちゃんは、小さな深呼吸をはさんで続けた。

「お母さんも、伝助さんから同じ話を聞いて、すごくホッとしたらしくてさ……、わたしと、また、どこか知らない町で一緒に暮らしたいって——、そんな調子いいこと言ってるんだってさ」

まるで他人事（ひとごと）みたいに、未來ちゃんは言い捨てた。

わたしは、そんな未來ちゃんの横顔を見ながら、何も言えなくなってしまった。言いたいことと、言ってはいけないことが、心のなかでごちゃごちゃに絡まってしまって、いちばん伝えたい素直な気持ちがうまく言葉になってくれなかったのだ。

「わたしさ、すっかり江戸川家に馴染んじゃったから、なんだか居候でいることが当たり前のことみたいに感じちゃってて」

「うん……」

「でも、伝助さんからの電話で、思い出しちゃったんだよ」

「……」

「そういえば、ここは、わたしのホームじゃないし、さやかさんと伊助さんは、家族じゃなかったって。ＮＰＯに頼まれた親切な〝受け入れ先〟だったんだって」

「未來ちゃん……」

「ちょっと考えれば、そんなの、当たり前のことなのにね」

そう言って未來ちゃんは、無理に笑みを浮かべてみせた。その笑みが、あまりにも痛々しくて、わたしの胸をキュッと締め付ける。

「………」

何も言えずにいるわたしを見て、未來ちゃんはいっそう無理な笑みを広げた。

「ちょっと、あんたが、そんな顔しないでよ」

「だって……」

と、子供みたいな台詞を口にしたとき、わたしの涙腺はじんわりと熱を持ちはじめてしまった。

先に泣くのは、わたしじゃない。絶対に。

そう思ったわたしは、青くて強い海風を深呼吸して涙腺の熱を散らした。

「ねえ、まひろ」

「………」

「わたしってさ、よく考えたら、ただの居候で、ただの店員なんだよね」

「え――」

「当たり前だけど、さやかさんみたいな天才じゃないし、努力家でもないし、そもそも寿司職人になれるなんて思えないし……。ほんと、ただの店員でしかないんだよ」

「………」

「ってことはさ、わたしの代わりって、普通のアルバイトさんでも務まるってことじゃん？」

「そんなことは――」

ないよ、と言いかけたわたしに、未來ちゃんは素早くかぶせた。

「あるんだよ」

「………」

「実際、アルバイトでも出来ることしかやれてないし。しかも、わたしは、江戸川家に住まわせてもらいながら、家賃を払うどころか、お給料をもらって、毎日、ご飯も食べさせてもらってる。そう考えるとさ、さやかさんと伊助さんにとっては、わたしの面倒をみてるより、普通にアルバイトを雇った方が、ずっと効率がいいんだよね」

「………」

「ようするに、わたしは二人に迷惑をかけてんの」

「ちょっと、未來ちゃん」

思わず、わたしは未來ちゃんの言葉を遮った。

「なに……」

「迷惑だなんて、さやかさんも伊助さんも、絶対に思ってないよ」

自然と口をついて出たこの言葉に、わたしは確信を持てる。けれど――、でも、わたしの想像の範疇であることに変わりはない。

「まあね。お人好しなあの二人だもん。わたしのことを迷惑だなんて〝思って〟はないと思うよ。でもさ――」

「でも？」

「二人が迷惑だと〝思って〟はいなくても、現実的に負担をかけてることには変わりないじゃん？

だって居候を一人、ただで家に住まわせて、ただでご飯を食べさせて、給料まで払ってるんだから」

「だけど……」

「まひろ」

「え？」

「いま、わたしはね、〝気分〟じゃなくて〝現実〟の話をしてるんだよ」

未來ちゃんは、とても穏やかな表情で、でも、揺るぎない口調で言い切った。

わたしは何も言い返せなくて、ただパーカーのポケットのなかで〝ツンデレの石〟を握りしめていた。

すると未來ちゃんは、身体をくるりと反転させて、背中で鉄柵にもたれかかった。そして、背筋を反らして高く澄んだ秋空を見上げた。

「現実的に負担をかけてるって、分かってんのにさ」

「…………」

「わたし、なかなか言えないんだよね」

「…………」

「ここを出て行きます。お世話になりました――って」

背後から吹き付けた海風が未來ちゃんの黒髪をなびかせて、その悩ましげな顔を半分だけ隠した。

「わたしのなかでは、もう、ホームになっちゃっててさ。ずっとここに居たいって思っちゃってるんだよね。いい大人が、情けないけど」

「情けないことなんて、ないと思う」

わたしは、何の足しにもならないような台詞を口にした。すると未來ちゃんは、秋空を見上げたまま少しだけ頰を緩めた。

「わたしに伝助さんから電話が来たってことは、きっと伊助さんかさやかさんにも電話が入ってると思うんだよね。でも、あの二人、そんな素振りをまったく見せないから……」

「そういう人たちだもんね……」

わたしは、さやかさんと伊助さんの顔を思い浮かべながら言った。

「だから、わたし、ずっと胸がもやもやしてて――、つい、まひろに当たっちゃったんだ。ほんと、ごめん」

「だから、それは、もう、いいってば。さっき謝ってもらったし」

わたしが言うと、未來ちゃんは空から視線を下ろしてこっちを見た。

「そうだったね。じゃあ、わたしの謝り損だ」

「なにそれ」

と苦笑するわたし。

釣られて、小さく微笑む未來ちゃん。

わたしも身体を反転させて、鉄柵に背中をあずけた。後ろから吹いてくる風がパーカーのフードを持ち上げて後頭部にはたはたと当たる。

「それにしても、風、すごいね」

わたしが言った。

でも、未來ちゃんはそれには答えず、わたしの名前を口にした。

「ねえ、まひろ」

「ん?」

「家族って、何だろうね?」

ため息みたいにそう言って、未來ちゃんは、また空を見上げた。

「家族、か——」

「うん……」

考えはじめたら、冷たいヤスリのような海風が、わたしの胸のなかをザラリと擦りながら吹き抜けた気がした。

きっと、まだ、わたしの心のなかの天秤は、不安と希望が拮抗しているのだ。なにしろ父と母のことを憶った瞬間、天秤がガクンと不安に傾くのがはっきりと分かるくらいだから。

未來ちゃんじゃないけれど、わたしもまだ〝心のリハビリ中〟の身で……、だから、家族の本質を理解して、それを端的に語るなんて、いまのわたしにはハードルが高すぎる。家族とは何か、の答えなんて一ミリも分からないけれど、でも……、

未來ちゃんには、わたしがいるじゃん——。


そんな安易で素直な返事なら、心の奥から喉元までせり上がってきていた。でも、さすがにそれは照れ臭くて飲み込んだ。だから、代わりにこう言った。分かり合える仲間がここにいるよ、という意味で。

「ってか、それ、同志のわたしに訊くか?」

すると未來ちゃんは、秋空を見上げたまま小さく笑った。

「あはは。たしかに」

でも、その笑い方が淋しすぎたから、わたしは右へ一歩だけ移動して、未來ちゃんにくっついた。

そして、柔道をやっていたわりに華奢(きゃしゃ)な肩に腕を回して身体を引き寄せた。

少しのあいだ、じっとしていたツンデレさんが、意外にも、ゆっくりと首を傾けて、わたしの肩に頭をのせるようにした。そして、ボソッと言った。

「まひろ、お守りの石、貸してくれる?」

「うん」

わたしはパーカーのポケットから石を取り出して、そっと未來ちゃんに手渡した。

ツンデレさんが〝ツンデレの石〟を握りしめた。

そして、つぶやくように言った。

「わたしたちってさ、ずっと強風のなかにいるよね」

わたしは、その言葉の意味に胸を締め付けられながら、

「誰かとくっついてないと、寒いくらいだよね」

と答えて、軽く嘆息した。

嘆息してすぐに、胸裏で『でも……』とつぶやく。

ついさっき、わたしたちは自分から身体の向きを変えて、鉄柵に背中をあずけた。すると、ずっと逆風だった強い海風が、わたしたちの背中を押しはじめた。これは順風だ。ようするに、自分がどちらを向いて生きるかで、凍えるような逆風も〝追い風〟に変えることができるかも知れない――。

わたしの頭には、そんな根拠のない〝道理〟が浮かんでいた。そして、この〝道理〟は、未來ちゃんが友達になってくれたあの日、わたしの内側にひっそりと萌芽(ほうが)して、それからゆっくりと時間をかけて育まれてきた愛すべき〝道理〟だ。でも、わたしはなんだか恥ずかしくて、その〝道理〟を口に

出すことが出来なかった。

どうやら、思っていることを素直に口に出来ないのは、ツンデレの未來ちゃんだけじゃなくて、わたしも同じらしい。

きっと、これが、わたしじゃなくて、さやかさんだったら――、こういう照れ臭いような台詞も、ふわふわの綿飴にくるんで、さりげなく相手にプレゼントして、優しく目を細めながら「うふふ」って笑うんだろうなぁ……。

「まひろ」

ふいに未來ちゃんが、わたしの名前を呼んだ。

「ん?」

「前から思ってたんだけどさ」

「うん」

「あんたって、なんていうか、こう……」

「…………」

「けっこう、いい奴だよね」

ツンデレさんの口から、これ以上ない賛辞がこぼれた。

自然と口角が上がったわたしは、未來ちゃんの肩をさらにぎゅっと引き寄せて――、

「お前もな」

と、わざと偉そうに言ったら、未來ちゃんは、わたしの腕のなかでくすっと笑ってくれた。

その日の夜、わたしは自宅のアパートで、ひとりスマホを手にして正座をしていた。

すでに画面には、さやかさんの電話番号が表示されている。

この電話をかけたら――、後で未來ちゃんに「余計なことしないでよ」って怒られるかも知れない。

でも、これは未來ちゃんのための余計なおせっかいじゃない。

わたし自身のためにかける電話だ。

わたしが、ただ、わたしの意思を表明するだけ。

何度か自分にそう言い聞かせてから、わたしはさやかさんの携帯に電話をかけた。

端末からコール音が聞こえてくる。

五回、六回、七回……。

のんびり屋さんのさやかさんは、なかなか出てくれない。

十回鳴らしても出なかったら、少し時間を置いてかけ直そうかな……。

と、思ったとき、

「まひろちゃん、こんばんはぁ」

いつもの綿飴みたいな声が聞こえてきた。

「あ、こ、こんばんは」

「急にどうしたの？　未來ちゃんじゃなくて、わたしにかけてくるなんて珍しいね」

「あ、そう……ですよね。急に、すみません。えっと、さやかさん、いま、お時間、大丈夫ですか？」

「うん。平気だよ。お風呂上がりでドライヤーをかけ終えたところだから」

さやかさんがなかなか電話に出なかったのは、ドライヤーの音で聞こえなかったからみたいだ。

それにしても、さやかさんの声には不思議な力があると思う。なにしろ、いまのいままで胸の奥をずしりと重くしていたネガティブな感情が、声を聞いただけでさらさらと溶け出して軽くなっていくような気がするのだから。

「ええと、じつは、ちょっと、さやかさんに相談にのって欲しくて」

「相談?」

「はい……」

「もちろん、いいけど——、まひろちゃん、何かあったの?」

わたしは昼間の展望デッキで浴びた海風の感触を思い出しながら、相談したい内容をしゃべりはじめた。

「えっと、今日の昼すぎに、未來ちゃんと会ったんですけど」

「うん」

「そのとき、未來ちゃんから、さやかさんのところで居候をすることになった経緯(いきさつ)を聞かせてもらって……」

「そっか……」

と、静かに返事をしたさやかさんは、少し間を置いて言った。

「未來ちゃん、自分から話したんだ」

「はい……」

「きっと、まひろちゃんにだけは、本当のことを話しておきたかったのかもね」

とくに他意はないのかも知れないけれど、さやかさんが「話しておきたかった」と過去形で言ったのが、わたしには少し引っかかった。

「……はい」

短く返事をしてみたものの、わたしは続く話をどう伝えたものかと思い悩んで、変な沈黙をつくってしまった。でも、さやかさんは、こちらを急かすでもなく、黙って次のわたしの言葉を待っていてくれた。

「あの……」

自分でつくった沈黙に耐えきれず、わたしは口火を切った。

「ん？」

「未來ちゃんに、伝助さんって人から電話があったたって……」

「ああ、それは、わたしも、おじいちゃんから聞いてるよ」

「伊助さんから？」

「うん。未來ちゃんが、まひろちゃんの手を払ったあの日の夜にね、わたし、おじいちゃんにこっそり呼び出されて、伝助さんから電話があったことを聞いたの」

やっぱり伝助さんは、伊助さんにも電話をしていたのだ。

念のため、わたしは訊いた。

「その電話の内容って、そろそろ、さやかさんのところから出て行ったらどうかっていう……、そういう話ですよね？」

「うん。そうみたい」

「伊助さん、そのことを未來ちゃんには言わなかったんですね」

責めるような口調ではなく、わたしは静かに訊いた。

「そうだね。おじいちゃんはさ、何よりも〝未來ちゃん本人の気持ち〟を大事にしたいんだって。だから、あえて、おじいちゃんからは何も言わないで、そっとしておくことにしたみたい」

「そう……ですか」

結局、そういうところも優しさゆえなんだよな、とわたしは思う。でも、あえて言葉で伝えて未來ちゃんを引き止めてあげるのも優しさのはずだ。

「あの、さやかさん」

「ん？」

「ずっと前のことですけど、わたしが失くした石を、未來ちゃんが一緒に探してくれたことがあったじゃないですか」

「あったねぇ。まひろちゃんが、はじめて未來ちゃんと会った日だね」

「はい。あのとき未來ちゃん、膝を泥だらけにして石を探し出してくれて――、それで、わたしに言ったんです」

「………」

「大事なモノは、もう失くすんじゃないよ――って」

「そっか。未來ちゃんらしいね」

さやかさんは短く答えて、わたしに先を促してくれた。

「だから、えっと……」

ここでわたしは、大きく深呼吸をした。

そして、いま、わたしがいちばん言うべきことを口にした。

「いまのわたしには、なによりも未來ちゃんが〝大事なモノ〟なんです。だから、失くしたくないんです」

「…………」

「未來ちゃんを、夕凪寿司に居させてあげてもらえませんか?」

「…………」

「さやかさん、お願いします」

わたしはスマホを耳に当てたまま深く頭を下げていた。

すると電話の向こうから「うふふ」と小さな笑い声が聞こえた。

「まひろちゃんって、ほんとに優しいよね」

「え?」

「やっぱり未來ちゃんにとって唯一無二の親友だと思う」

「えっと……」

わたしは下げていた頭をゆっくりと上げた。

「ねえ、まひろちゃん」

「はい」

「未來ちゃんのために、わざわざ電話してきてくれて、ありが――」

「あ、ち、違うんです」

さやかさんの言葉に、わたしはかぶせた。

「え……?」

「なんていうか、未來ちゃんのため――でもあるんですけど……、でも、本当は、わたし自身のために電話をした、というか……」

そう。わたしは、シンプルにわたしの意見を表明したのだ。それが、もし、未來ちゃんの気持ちの代弁となったのなら、それは、それで構わない。そういうスタンスなのだ。

すると、さやかさんは、いつものように「うふふ」と笑った。

「え？」

どうして笑うの？

わたしは、スマホを耳に押し当てたまま小首を傾げた。

「まひろちゃんのためが、未來ちゃんのためにもなる。それって、いちばん素敵な関係性だよね」

「…………」

わたしは、さやかさんの言葉の意味を胸のなかで反芻した。

「いままでどおり未來ちゃんが居てくれるのは、うちとしてはもちろん大歓迎なんだけど、でも、やっぱりいちばん大切なのは、未來ちゃんがどう思っているか、だよね？」

「それって、未來ちゃんのお母さんのこととか、ですか？」

「うん。そういうのも含めて、未來ちゃんの気持ち次第だと思うの」

未來ちゃんの気持ちなら、ちゃんと知ってる。本人の口から直接聞いたのだ。だから、わたしは言った。

「未來ちゃんは、本当は、ずっと夕凪寿司に居たいと思ってるんです。でも、居候っていう立場の自分は、さやかさんと伊助さんに迷惑をかける存在だから、いつかは出ていかなくちゃって——、そんな風に気後れしてるんです」

「…………」

「そういう本音を、さやかさんと伊助さんに伝えたくても、未來ちゃんは、なんていうか――」

「分かるよ。ツンデレさんだもんね」

「はい」

さやかさんは、やっぱり分かってくれている。

わたしは少しだけホッとして続きを口にした。

「未來ちゃんはツンデレだから、なかなか踏ん切りをつけられないでいるみたいなんです」

とりあえず、言いたいことをすべて言えたわたしは、さやかさんに気づかれないよう、ひとつ深呼吸をした。

すると、さやかさんは、さらっとした口調で言ったのだ。

「そっか。じゃあ、わたしは、未來ちゃんに踏ん切りをつけさせてあげればいいってことだよね？」

「えっと、それって……」

どういうこと――？

「肩書きを変えちゃうの」

「肩……書き？」

さやかさんの言葉の意味を量りかねたわたしは、眉根を寄せて小首を傾げた。

「そうだよ。うふふ」

さやかさんは意味ありげに笑うと、「ちょっと、わたしに任せてくれる？」と続けてから短い挨拶を口にした。そして通話を切った。

わたしは、スマホの画面を見詰めたまま、ひとり胸裏でつぶやいた。

肩書き――って、なに？

【遠山未來】

午後十時を過ぎると、予約のお客さんが一巡した。

伊助さんも「ちょっくら風呂に入ってくるわ」と言って母屋へと帰っていった。

客席に残ったのは、カウンターに並んだ常連トリオ——クマさん、鮎美さん、そして、拓人さんだった。三人は、いい感じに酔っ払いながら、お気に入りの映画の話題で盛り上がっていた。

「だいぶ古いから、鮎美ちゃんと拓人くんは知らないと思うけどさ、俺が大学を出てすぐの頃に、当時の彼女と観た『怠惰で傲慢な女』って映画があったんだけどね、あれ、じつは隠れた名作なのよ」

赤ら顔のクマさんが昔話をしはじめると、すぐに拓人さんが食いついた。

「え？　俺、その映画、知ってますよ。主演した伊原（いはら）モナが大ブレイクして、日本アカデミー賞で主演女優賞を獲った作品ですよね？」

「おお、そうそう！　えっ、なんで拓人くんが知ってんの？　あの映画が上映された頃って、まだ子供だったでしょ？」

「あはは。大人になってから、ネットのサブスクで観たんすよ」

「ああ、なるほどね」

「ちょっとクマさ～ん。『怠惰で傲慢な女』は、わたしだって観てますよぉ」

「え？　鮎美ちゃんも？」

「ふふ。もちろんです。だって、わたし、ずっと前から伊原モナ様の大ファンですから」

「モナ様？」

「モナ様？」

クマさんと拓人さんは、声をそろえて言った。

「そうです。本物のファンは〝様〟をつけて呼ぶんです」

「へえ」

「へえ」

また、二人の声がそろう。

「モナ様って、恋多き女優でスキャンダルも多いですけど、周りからの誹謗中傷も涼しい顔で撥ね退けて、いつも堂々としてるじゃないですか。わたし、あの凛とした生き方に憧れちゃうんですよね」

「ああ、その感じ、分かります」拓人さんが、お猪口の酒を飲み干して言った。「自分の人生の価値は、自分が決める。誰にも文句は言わせないわ――っていう、あの潔さがいいんですよね」

「そうなの！　わたし、ああいうカッコいい女性になりたいんだけど、なかなかねぇ」

首をすくめた鮎美さんに、優しいクマさんがフォローの台詞をかける。

「いや、でも、鮎美ちゃんはさ、伊原モナとはまた違った感じで、潔くてカッコいい女性だと思うよ。なあ、拓人くん」

「ですね。ぼくもそう思います。でも、むしろ伊原モナっぽいのは――」

そこまで言って、拓人さんがカウンター越しにわたしを見た。

え――？

「やっぱり、未來ちゃんだよね」

拓人さんの言葉に、鮎美さんとクマさんが「ああ、たしかに」と深く頷いた。

「わ、わたし、ですか？」

いったい、どこが……？

「ねえ、さやかちゃんも、そう思わない？」

鮎美さんに振られたさやかさんは、しかし、いかにも残念そうに眉をハの字にしたのだった。

「えっと、ごめんなさい。わたし、その女優さん、知らないんです」

まさか、あれほど有名な女優を知らないとは……。さすが、寿司オタクのさやかさん。浮世離れが半端じゃないわ。

わたしが変な意味で感心していると、クマさんと鮎美さんが笑い出した。

「これだから、わたし、さやかちゃんのこと、大好きなのよ」

「ほんと、さやかちゃんらしいよなぁ」

二人に笑われたさやかさんは、ちょっぴり不満そうに言い返した。

「だって、本当に知らないんですもん。あ、でも、そういう凜としたカッコいい女性でしたら、たしかに未來ちゃんっぽいですよね」

さやかさんがわたしを見て、にっこりと微笑む。

「えっ？　わ、わたしは、べつに、そういうタイプじゃ……」

慌てて否定しようとしたら、さやかさんがあっさり言葉を乗っけてきた。

「えー、そういうタイプだと思うよ。未來ちゃん、女のわたしから見てもカッコいいもん」

「ちょっ……」

顔に血が上ってきて、わたしは続く言葉を失った。

常連の三人をちらりと見たら、にんまり笑いながらわたしを見て、うんうん、と頷いている。

「さ、さやかさん。わたしをからかってる暇があったら、新しいホームページの〝スタッフ紹介〟のキャプションでも考えて下さいよ」

わたしは、思いつきで話題を明後日の方へと飛ばした。

「ああ、あれね」

「そうですよ。さっさと完成させちゃいたいんですから」

するとさやかさんは、おつまみのホヤ酢を盛り付けながら、なぜか当然のことのように言ったのだ。

「未來ちゃんに言うの忘れてたんだけど、あれ、もう修正しちゃった」

「え……？」

それって、まさか、さやかさんが――、

「ホームページのデータを修正したってこと……じゃ、ないですよね？」

「修正したよ。で、ちゃんとアップもした」

「え？」

「でも、ほら、わたしは、そういうの出来ないから、拓人くんにやってもらったんだけどね」

「拓人さんに？」

わたしは、カウンター越しに拓人さんを見た。

綺麗な顔をした若きトレーダーは「イェイ」と言って、こちらにピースサインを作ってみせた。

「え、さやかさん、どうして……」

わたし以外の人に、お店のホームページをいじらせたりするんですか？

その問いかけをぐっと喉元で飲み込んだとき、ふと耳の奥で伝助さんのダミ声が甦った。

なあ未來ちゃんよぉ、そろそろ江戸川さんちの居候から卒業してもいい頃なんじゃねえか？

もしかして、さやかさんは、わたしが居なくなった後のことをすでに考えていて、それで拓人さんに――。

「うーん、なんとなく、かな」

さやかさんは、とぼけた顔をして「うふふ」と笑った。

「俺、ちゃんと修正したつもりだけどさ、未來ちゃん、念のため確認してみてよ」

拓人さんが一ミリも悪意のない顔で言う。

わたしは、ごくり、と唾を飲み込んで、作務衣のポケットからスマホを取り出した。そして、恐るおそる夕凪寿司のホームページを開いてみた。

わたしが自分で修正したトップページが表示された。

さやかさんの言う通り、本当にホームページは完成し、アップされていたのだ。

わたしは震える指でスクロールして、スタッフ紹介の項目が表示されたところで画面を止めた。

そして、さやかさんの写真をタップ。

修正版のキャプションが表示された。

江戸川さやか――夕凪寿司の大将。幼少期からずっと、お寿司を握ることが大好きです。地元で獲れた魚介を中心に、丁寧な江戸前の〝仕事〟をさせて頂きます。

わたしが書いたキャプションよりも、だいぶ短く控えめに書き換えられていた。

続けて伊助さんの写真をタップしてみた。

江戸川伊助――さやかの祖父にして、元大将。現在は半分隠居の身ですが、時々、つけ場に立って熟練の腕を振るいます。

このキャプションも控えめに修正されていた。

拓人さんの言葉どおり、二人のキャプションは、フォントもデザインも完璧だった。

やっぱり、わたし、もう必要ないんだ……。

心でつぶやきながら、確認のためだけに、わたしの写真もタップしてみた。

そして、表示されたキャプションに目を通したとき――、
え？

書き換えられてる……。

わたしは、呼吸を止めた。

ごくり、と唾を飲み込んで、もう一度、キャプションを読み返した。

「はい、お待たせしました。ホヤ酢です」

いつもと変わらぬ所作で三人につまみを出すさやかさん。

そのふわっとした優しい声を聞きながら、わたしはいったんうつむいた。

すると、わたしの脳裏に、はじめてここを訪れたときの映像が浮かんできた。

あのとき、さやかさんが「うふふ。とりあえず、食べてみない？」と言って握ってくれたお寿司の味は、きっと一生忘れないだろう。なにしろ、わたしの人生ではじめて〝安心〟を想わせてくれた特別な味だったのだから。

わたしは、胸のなかに広がったウエットな熱の塊を深呼吸で吐き出して、ゆっくり顔を上げた。

「ちょっと、さやかさん」

「ん？　なぁに？」

ふんわりと微笑みを咲かせながら、さやかさんがわたしを見た。

「わたしの写真のキャプションまで勝手に書き換えるなんて……、ひどいです」

わたしは不平を口にしたのに、さやかさんは、てへ、という顔で「ごめ～ん。気に入らなかった？」と言って笑みを深めた。

「べ、別に、わたしは、気に入らないってわけじゃないですけど……」

「そっか。なら、よかった」

いまだ。

いまなら、言える。

そう感じたわたしは、再びさやかさんの名を呼んだ。

「さやかさん」

「ん？」

わたしは、ぐっとお腹に力を込めて、続く言葉を吐き出した。

「じつは、このあいだ、伝助さんから電話があったんですけど――」

「ああ、それも、ごめん。おじいちゃんが勝手にやっちゃったみたい」

「え……？」

「伝助さん、おじいちゃんにも電話したらしいんだけどね」

「…………」

「うちは看板娘を手放すつもりはないぞ〜って、門前払いにしちゃったって。ごめんね、勝手に。うふふ」

さやかさんの綿飴みたいな笑顔を見ていたら、もう駄目だった。

「もう……、ほんとに、勝手な……、人たちなんだから……。わたし、ちょっと、厨房に……」

最後まで言えず、わたしはうつむいたままカウンターのなかを足早に歩き出すと、白い暖簾の奥へと逃げ込んだ。そして、以前、さやかさんがそうしていたように、業務用の大きな冷蔵庫に、ぺったりと背中をあずけた。

「ふう……」

ゆっくりと息を吐いて、あらためてスマホの画面を見返した。

夕凪寿司のスタッフ紹介。

わたしの写真。

勝手に書き換えられたキャプション。

もう、さやかさん、ズルいです……。

声が洩れ出ないよう、わたしは小豆色の作務衣の袖をぎゅっと口に押し当てて、むせび泣いた。

遠山未來——江戸川家に住み込みながら、主に客席を担当する当店の看板娘。また、わが家の〝縁の下の力持ち〟にして大切な家族。

わたしは、涙で霞むその画面をスクショした。そして、メッセージを添えてまひろに送信した。

メッセージの本文には、こう書いた。

『お店のホームページの〝スタッフ紹介〟の文章を、さやかさんが書いてくれたよ。これ読んだら、あんた、ますますさやかさんに惚(ほ)れちゃうかもよ？』

送信を確認したわたしは、あふれる涙を止めたくて、二度、深呼吸をした。すると、白い暖簾の向こうから、聞き慣れた声が聞こえてきた。

「おう。なんだよ、お前らも来てたのか。さやか、残りもんでいいから、ちょっとだけつまませてくれるか？」

社長さんの声だ。

「わーい、今日も社長のおごりかな？」

急に甘ったるくなった鮎美さんの声がして、それに拓人さんとクマさんが笑いながらやいのやいのとかぶせていく。

「社長さん、ビールでいいですか？」

さやかさんの声。

「おう、ジョッキで頼むわ——って、あれ、未來はどうした？」

「うふふ。うちの看板娘はちゃんと居ますよ。未來ちゃ〜ん」

わたしの〝ズルい大将〟に呼ばれてしまった。

もう、行かなくちゃ。

とりあえず、あと二回、深呼吸をしよう。

スー、ハー。

スー、ハー。

よし——。

わたしは胸のなかで決意の声を上げると、濡れた頰を作務衣の袖でさっと拭った。

そして、ポケットに入れてあるたすきを手に取り、キュッとかけた。

わたしの本気モードだ。

口角を上げて、

「はーい」

と、なるべく明るい声で返事をしてみる。

看板娘って、きっとこんな感じだよね――。

両手でサッと白い暖簾を分けたわたしは、鮮度抜群の気持ちを抱きしめながら、大好きなホームへと歩み出した。

月刊「ランティエ」二〇二三年十月号～二〇二四年七月号に「さやかの夕凪」として連載された作品に修正を加え、改題しました。

著者略歴

森沢明夫（もりさわ・あきお）
1969年、千葉県生まれ。早稲田大学卒業。2007年、『海を抱いたビー玉』で小説家デビュー。『虹の岬の喫茶店』『夏美のホタル』『癒し屋キリコの約束』『きらきら眼鏡』『大事なことほど小声でささやく』等、映像化された作品多数。他の著書に『ヒカルの卵』『キッチン風見鶏』『エミリの小さな包丁』『おいしくて泣くとき』『ぷくぷく』『本が紡いだ五つの奇跡』『ロールキャベツ』などがある。

Kadokawa Haruki Corporation

森沢明夫（もりさわあきお）

さやかの寿司（すし）

*

2024年9月28日第一刷発行

発行者 角川春樹
発行所 株式会社 角川春樹事務所
〒102-0074 東京都千代田区九段南2-1-30 イタリア文化会館ビル
電話03-3263-5881（営業） 03-3263-5247（編集）
印刷・製本 中央精版印刷株式会社

ISBN978-4-7584-1472-2 C0093
http://www.kadokawaharuki.co.jp/